Bruxa de Sangue

Obras da autora publicadas pela Editora Record:

***Série* Amada imortal**

Amada imortal

Cair das trevas

Inimigo sombrio

***Série* Coven**

Livro das sombras

O Círculo

Bruxa de sangue

LIVRO 03

CATE TIERNAN

Bruxa de Sangue

Tradução
Sal Oliveira

1ª edição

Galera
RIO DE JANEIRO
2017

CIP-BRASIL. CATALOGAÇÃO NA PUBLICAÇÃO
SINDICATO NACIONAL DOS EDITORES DE LIVROS, RJ

Tiernan, Cate
T443b Bruxa de sangue / Cate Tiernan; tradução Sal Oliveira. – 1. ed.
– Rio de Janeiro: Galera Record, 2017.
(Coven; 3)

Tradução de: Blood witch
ISBN 978-85-01-09631-9

1. Ficção juvenil. I. Oliveira, Sal. II. Título. III. Série.

16-36247 CDD: 028.5
CDU: 087.5

Título original:
Blood Witch

Texto revisado segundo o novo Acordo Ortográfico da Língua Portuguesa.

Editoração eletrônica: Abreu's System
Capa: TypoStudio

Direitos exclusivos de publicação em língua portuguesa somente para o Brasil
adquiridos pela
EDITORA RECORD LTDA.
Rua Argentina, 171 – Rio de Janeiro, RJ – 20921-380 – Tel.: (21) 2585-2000,
que se reserva a propriedade literária desta tradução.

Impresso no Brasil

ISBN 978-85-01-09631-9

ABDR
EDITORA AFILIADA

Seja um leitor preferencial Record.
Cadastre-se e receba informações sobre nossos
lançamentos e nossas promoções.

Atendimento e venda direta ao leitor:
mdireto@record.com.br ou (21) 2585-2002.

Com amor, para meu círculo.

1

Segredos

4 de maio de 1978

Hoje, pela primeira vez, ajudei Ma a fazer um círculo para os Belwicket. Em algum tempo, serei suma sacerdotisa, e vou liderar os círculos, assim como ela. As pessoas já me procuram para conseguir feitiços e poções, e só tenho 17 anos! Ma diz que é porque tenho a visão dos Riordan, o poder dos Riordan, como a minha avó. Ela é uma bruxa muito poderosa, mais forte do que qualquer um em Belwicket. Ma diz que serei ainda mais forte.

E então, fico pensando: O que vou fazer? Tornar nossas ovelhas mais saudáveis? Nossos campos mais férteis? Curar nossos pôneis quando ficarem fracos?

Tenho tantas perguntas... Por que teria tanto poder, um poder capaz de sacudir montanhas? O Livro das Sombras de minha avó diz que nossa mágicka só deve ser usada aqui, nesta vila do interior, muito distante de outros condados e cidades. Será? Talvez a Deusa tenha um plano para mim, mas não consigo enxergá-lo.

— Bradhadair

Por um momento, o nome pairou no ar à minha frente, flutuando como um inseto negro sobre meus olhos. Bradhadair! Também conhecida como minha mãe biológica; Maeve Riordan. Eu tinha nas mãos seu Livro das Sombras, iniciado assim que ela se uniu ao coven da mãe, quando tinha 14 anos. Seu nome Wicca, Bradhadair, significava "incendiária" em gaélico. E eu estava lendo palavras que ela escrevera a próprio punho...

— Morgana?

Ergui a cabeça de sobressalto e, então, fiquei alerta.

Meu namorado, Cal Blaire, e sua mãe, Selene Belltower, estavam na porta da biblioteca secreta. Seus rostos eram como máscaras sem expressão, escondidos à sombra.

Minha respiração congelou. Eu havia entrado naquela sala sem permissão. Não só havia deixado Cal e nossos amigos esperando, como entrara em uma área privada da casa de Selene. Não deveria estar neste ambiente, lendo aqueles livros. Sabia disso, e uma cálida onda de vergonha queimou meu rosto.

Mas não podia evitar. Estava desesperada por mais informação; sobre Wicca e sobre minha mãe biológica. Afinal, apenas recentemente eu havia descoberto segredos extraordinários: que havia sido adotada, e que minha mãe, uma poderosa bruxa, fora assassinada, queimada viva em um celeiro. Contudo, muitas perguntas ainda permaneciam sem resposta, e agora eu encontrara o Livro das Sombras de Maeve Riordan: seu caderno pessoal de feitiços, pensamentos e sonhos. A chave para me aprofundar em sua vida. Se havia algum lugar onde encontraria as respostas que procurava, era neste livro. Sem ter plena consciência, apesar da culpa que sentia, minhas mãos agarraram o livro com mais força.

— Morgana — repetiu Cal —, o que você está fazendo aqui? Te procurei por toda parte.

— Desculpe — apressei-me em dizer, então olhei em volta, imaginando como poderia explicar minha presença ali. — Er...

— O pessoal foi ao cinema — interrompeu-me, com a voz ficando mais ríspida. — Disse a eles que tentaríamos alcançá-los, mas agora já é tarde.

Olhei para o relógio: oito horas em ponto. O cinema ficava a vinte minutos de carro, e o filme começava às 20h15. Engoli em seco.

— Sinto muito mesmo — falei. — Eu só...

— Morgana — disse Selene, aproximando-se de mim.

Pela primeira vez, vi rugas de tensão em seu rosto jovial, tão parecido com o de Cal.

— Este é meu retiro privado. Ninguém tem permissão para entrar aqui além de mim.

Agora eu ficara nervosa. Sua voz estava calma, mas pude sentir a raiva contida nela. Será que eu estava realmente encrencada? Ergui-me da escrivaninha e fechei o livro.

— Eu... Sei que não deveria estar aqui — admiti —, e não tive a intenção de me intrometer. Mas estava atravessando o corredor quando me desequilibrei e esbarrei nessa porta, que se abriu. Uma vez aqui dentro, não consegui parar de olhar tudo em volta. É a biblioteca mais incrível... — Minha voz se perdeu.

Selene e Cal ficaram olhando para mim. Não conseguia ler suas expressões, nem identificar o que estaria se passando em suas mentes, e aquilo me fez ficar ainda mais nervosa. Não estava mentido, mas também não havia contado a história inteira. Também estivera tentando evitar Sky Eventide e Hunter Niall, dois bruxos ingleses que estavam aqui esta noite para participar de um dos círculos de Selene. Por algum motivo, estes dois convidados da mãe de Cal me fizeram sentir tomada por uma angústia inexplicável. Quando os ouvira aproximando-se pelo corredor, havia tentado me esconder, e acabara esbarrando nesta biblioteca secreta. Fora um acidente.

É verdade, pensei. *Havia* sido um acidente. Não tinha do que me envergonhar. Inclusive, eu não era a única que devia explicações. Tinha algumas perguntas para Selene.

— Este é o Livro das Sombras de Maeve Riordan — peguei-me dizendo, e minha voz soava alta e ríspida em meus ouvidos. — Por que está com você? E por que não me falou que estava? Vocês dois sabem que estou tentando descobrir mais sobre ela. Quero dizer... Não acha que eu gostaria de ver algo que pertenceu a ela?

Cal pareceu surpreso e dirigiu o olhar à mãe.

Selene estendeu a mão para trás e alcançou a porta, fechando-nos naquele ambiente secreto. Ninguém que estivesse passando pelo corredor repararia na silhueta quase invisível da porta. Suas lindas sobrancelhas arquearam-se conforme Selene se aproximava.

— Sei que tem procurado saber mais sobre sua mãe — falou, e sob a aura dourada da lamparina, sua expressão ficou mais suave enquanto voltava o olhar para o livro. — O quanto você leu?

— Não muito — respondi, mordiscando ansiosamente o lábio inferior.

— Chegou a encontrar algo inesperado?

— Na verdade, não — confessei, observando-a.

— Bom, um Livro das Sombras é um objeto muito pessoal — pontuou Selene. — Neles são revelados segredos e coisas surpreendentes. Estive esperando para lhe contar sobre o livro pois sei o que ele contém, e não tinha certeza de que estaria pronta para lê-lo. — Sua voz se reduziu a um sussurro. — Agora mesmo, ainda não tenho certeza disso, mas é tarde demais.

Minha expressão ficou rígida. Talvez eu estivesse violando uma área privativa de sua casa, mas tinha o direito de saber sobre minha mãe.

— Mas essa decisão não cabe a você — argumentei. — Quero dizer, ela era *minha* mãe. O livro dela deveria ficar comigo. É isso o que se deve fazer com Livros das Sombras, passá-los aos seus filhos. O livro é meu.

Selene piscou, surpresa com minhas palavras duras, então dirigiu o olhar novamente a Cal, mas ele estava olhando diretamente para mim. Mais uma vez, meus dedos formigaram ao percorrer a capa de couro gasto do livro.

— Então por que está com você? — repeti.

— Encontrei-o por acidente — disse Selene, e um rápido sorriso passou pelo seu rosto. — É claro que muitos bruxos não acreditam em acidentes. Colecionar Livros das Sombras é meu hobby. Na verdade, coleciono praticamente qualquer livro que tenha a ver com magia, como pode ver — admitiu, acenando elegantemente para as prateleiras ao nosso redor. — Trabalho com diversos revendedores, a maioria na Europa, que têm ordens expressas de enviar-me qualquer livro do meu interesse; qualquer Livro das Sombras, independentemente do estado em que estejam. Eu os acho fascinantes. Sempre os levo comigo para qualquer lugar que vá. E também monto uma biblioteca privada com eles, como fiz aqui quando nos mudamos no verão passado. Para mim, são uma janela para o lado humano da bruxaria. São diários, registros de experimentos; são as histórias das pessoas. Tenho mais de duzentos Livros das Sombras, e o de Maeve Riordan é apenas um deles.

Esperei para que continuasse, mas ela não o fez. Sua resposta soou estranhamente voyeurística; especialmente vinda de uma suma sacerdotisa, alguém que estava constantemente em contato com os sentimentos dos outros. Por que ela não conseguia perceber que o livro de Maeve Riordan não era apenas mais um Livro das Sombras? Pelo menos, não para mim.

A culpa e o nervosismo que senti de início estavam dando lugar à raiva. Selene havia lido coisas íntimas que minha mãe escrevera. Mas, naquele momento, Cal atravessou a biblioteca e colocou a mão em meu ombro, acariciando-me gentilmente. Ele pareceu dizer que estava do meu lado, que me compreendia. Então por que sua mãe não conseguia fazer o mesmo? Pensava que eu era nova demais para lidar com os segredos da minha?

— Onde conseguiu *este* Livro das Sombras? — insisti.

— De um revendedor em Manhattan — respondeu ela, e novamente, sua entonação era impossível de decifrar. — Ele o comprou de outra pessoa, alguém sem identificação, que pode ter roubado ou encontrado o livro num sebo qualquer. — Selene deu de ombros. — Comprei-o há cerca de dez ou onze anos, às cegas. Quando o abri, percebi ser da mesma jovem bruxa que havia morrido em um incêndio, não muito longe daqui. Esse é um Livro das Sombras especial, e não só por ter pertencido a Maeve.

— Vou levá-lo para casa — decidi com firmeza, surpreendendo a mim mesma, mais uma vez.

Por um longo momento, um silêncio pesado tomou conta do ar. Novamente, meu coração disparou. Nunca havia desafiado a mãe de Cal antes; raramente desafiara qualquer adulto... E ela era uma bruxa muito poderosa. Os olhos de Cal zuniam entre nós duas.

— É claro, querida — concordou Selene, por fim. — Ele pertence a você.

Soltei a respiração em silêncio.

— Quando Cal me contou sua história — completou —, soube que lhe daria o livro algum dia. Se, depois de lê-lo, tiver alguma pergunta ou preocupação, espero que me procure para conversarmos.

— OK — murmurei, assentindo com a cabeça, então me virei para Cal. — Sabe, na verdade eu queria ir para casa agora — admiti, com a voz trêmula.

— Tudo bem — falou Cal. — Eu levo você de carro. Vamos pegar nossos casacos.

Selene abriu caminho para que saíssemos. Ela permaneceu na biblioteca, provavelmente para dar uma olhada no que mais eu havia tocado ou examinado. Não que eu pudesse culpá-la. Não sabia como me sentia. Não tive a intenção de ferir sua confiança, mas não havia como negar que fora recompensada por isso: agora eu tinha um registro íntimo da vida de minha mãe biológica, escrito por ela própria. Quaisquer que fossem os mistérios contidos ali, tinha certeza de que saberia lidar com eles. *Precisava* saber lidar com eles.

Cal apertou gentilmente meu ombro enquanto atravessávamos o corredor, demonstrando seu apoio.

Do lado de fora, o vento de novembro sacudiu meu cabelo, e passei a mão para tirá-lo do rosto. Cal abriu o carro, e eu entrei, arrepiando-me ao tocar no couro gélido do assento e enfiando as mãos dentro dos bolsos. O Livro das Sombras estava protegido dentro do casaco fechado, junto ao meu peito.

— O aquecedor vai deixar a temperatura melhor em alguns minutos — confortou-me Cal.

Ele girou a chave e apertou alguns botões no painel. Seu lindo rosto era apenas uma silhueta na escuridão da noite. Então se virou para mim e acariciou meu rosto com a mão surpreendentemente morna.

— Você está bem? — perguntou.

Assenti, mas não tinha certeza. Sentia-me grata por sua preocupação, mas estava envolvida com o mistério do livro, e ainda um pouco desconfortável pelo que acabara de acontecer com Selene.

— Não estava tentando espiar ou dar uma de intrometida — disse a ele. As palavras eram verdadeiras, mas soavam ainda menos convincentes quando ditas pela segunda vez.

Cal olhou para mim outra vez enquanto direcionava o Explorer para a estrada principal.

— Aquela porta fica selada por um feitiço — falou, perdido em pensamentos. — Ainda preciso da permissão de minha mãe para entrar. Nunca consegui abri-la sozinho. E acredite, eu já tentei — completou, e o sorriso levado que abriu era apenas um vislumbre branco em meio à escuridão.

— Mas isso é esquisito — rebati, franzindo a testa. — Quero dizer, eu sequer tentei abrir a porta, ela apenas se abriu de repente, e eu quase levei um tombo.

Cal não respondeu, e concentrou-se no caminho. Talvez estivesse tentando descobrir como eu conseguira entrar na biblioteca, se perguntando se eu teria usado mágicka. Mas eu não havia usado, ao menos não conscientemente. Talvez eu estivesse destinada a conseguir entrar naquela sala, a achar o livro de minha mãe.

Começara a nevar, e agora os flocos acariciavam o para-brisa. Mal podia esperar para chegar em casa, correr para o quarto e começar a ler. Por algum motivo, meus pensamentos se voltaram a Sky Eventide e Hunter Niall. Eu havia antipatizado com os dois instantaneamente; seus olhares perfurantes, o esnobe sotaque inglês, a forma como encaram a mim e Cal.

Mas por quê? Quem eram eles? Por que pareciam tão importantes? Vira Sky apenas uma vez antes, no cemitério, alguns dias atrás. E Hunter... Ele me incomodava de uma forma que eu não conseguia explicar. Ainda estava pensando nisso quando Cal encostou o carro em frente à minha casa e desligou o motor.

— Seus pais estão em casa? — perguntou ele. Eu fiz que sim com a cabeça. — Você está bem? — continuou ele. — Quer que eu entre?

— Não precisa — respondi, grata pela oferta. — Acho que vou apenas me enfurnar no quarto e ler.

— Tudo bem. Escute, vou ficar em casa à noite toda. Se quiser conversar, é só ligar.

— Obrigada — disse, inclinando-me em sua direção.

Cal me abraçou, e nos beijamos por alguns instantes. Por alguns minutos, a doçura daquele momento lavou qualquer confusão ou incerteza que sentira sobre meu encontro com Selene. Por fim, relutante, desvencilhei-me dele e abri a porta do carro.

— Obrigada — repeti. — Ligo para você mais tarde.

— OK. Cuide-se. — Cal sorriu para mim e não foi embora até que eu estivesse dentro de casa.

— Olá! — exclamei. — Cheguei.

Meus pais estavam assistindo a um filme na sala de estar.

— Você chegou cedo — comentou minha mãe, olhando para o relógio.

Dei de ombros.

— Perdemos o filme — expliquei. — Então decidi voltar para casa. Bom, estarei lá em cima.

Fugi para meu quarto, tirei o casaco e me joguei na cama, então puxei uma edição da revista *Scientific Ame-*

rican e a deixei de prontidão caso precisasse esconder rapidamente o Livro das Sombras. Meus pais e eu havíamos chegado a uma desconfortável trégua sobre a Wicca, minha mãe biológica e todas aquelas mentiras. Era melhor não perturbar a calmaria. Não gostaria de ter que explicar nada que fosse doloroso para eles.

As palavras de Maeve Riordan, pensei.

Com as mãos trêmulas, abri o Livro das Sombras de minha mãe e comecei a ler.

2

Picketts Road

O que escrever? A pressão dentro de mim cresce a ponto de fazer minha cabeça latejar. Até pouco tempo, sempre quis fazer o que era preciso ser feito. Agora, pela primeira vez, esses dois caminhos estão divergindo. Ela está florescendo como uma orquídea: transformando-se de uma planta sem graça em algo excruciantemente belo, um botão de flor que clama por ser colhido.

Mas agora, de alguma forma, esta ideia me incomoda. Sei que é o certo, que é necessário, é o esperado. E sei que vou fazê-lo, mas eles continuam me perseguindo. Nada está saindo conforme eu havia previsto. Preciso de mais tempo para enlaçá-la a mim, unir-me a ela mental e emocionalmente, para que veja através de meus olhos. Até me pego apreciando a ideia de nos unirmos. Aposto que a Deusa está rindo de mim.

Quanto à mágicka, encontrei uma leitura diferente de Hellorus que descreve como sentar-se sob um carvalho pode dobrar a vontade de Eolh. Quero testar isso em breve.

— Sgàth

No sábado pela manhã, não foi exatamente fácil levantar da cama. Ficara acordada até altas horas lendo o Livro das Sombras de Maeve. Ela começou a escrevê-lo quando tinha 14 anos. Até o momento, não conseguia entender o que Selene queria dizer sobre encontrar algo que me chateasse. Além de palavras impronunciáveis em gaélico e um monte de receitas e feitiços, não havia nada realmente perturbador ou estranho. Sabia que Maeve Riordan e Angus Bramson, meus pais biológicos, foram queimados vivos após terem vindo para os Estados Unidos. Apenas não sabia o porquê. Talvez este livro elucidasse o fato de alguma maneira. Mas eu estava lendo devagar. Queria saborear cada palavra.

Quando finalmente acordei e me arrastei até o andar de baixo, meus olhos não passavam de pequenas fendas. Cambaleei até a geladeira em busca de uma Coca Diet.

Estava preparando *wafers* na torradeira quando minha mãe e Mary K. entraram em casa, vindas de uma breve caminhada sob o ar gélido de novembro.

— Uau! — exclamou minha mãe, com o nariz rosado, batendo palmas com as mãos cobertas por luvas de frio. — Está gelado lá fora!

Ela veio até mim e me deu um beijo, e me afastei ao sentir seu cabelo congelante roçando minha bochecha.

— Mas em compensação, está muito bonito — adicionou Mary K. — A neve está começando a derreter, e todos os esquilos e pássaros estão vasculhando o chão, procurando comida.

Revirei os olhos. Algumas pessoas são alegres demais pela manhã. Isso não é normal.

— Por falar em comida — continuou minha mãe, tirando as luvas e sentando-se à minha frente. — Vocês poderiam ir ao mercado ainda pela manhã? Tenho uma casa para mostrar às dez e meia, e não temos quase nada na despensa.

Mentalmente, repassei meu calendário vazio de compromissos.

— Claro — assenti. — Tem uma lista?

Ela puxou a lista da porta da geladeira e começou a adicionar alguns itens. Mary K. colocou o último *bagel* na torradeira, então o telefone tocou, e ela correu para atender.

Cal, pensei, com o coração acelerando por um instante, e uma sensação de felicidade me banhou.

— Alô? — disse Mary K., soando ao mesmo tempo casual e esbaforida. — Ah, oi. Sim, ela está aqui. Só um segundo — completou, então me passou o telefone, gesticulando com a boca o nome de Cal.

Eu já sabia. Desde que descobrira a Wicca, e que conhecera Cal, eu sempre conseguia saber quem estava ligando.

— Oi — falei ao telefone.

— Como você está? — perguntou. — Ficou acordada a noite toda, lendo?

Ele me conhecia.

— Fiquei... Quero conversar com você sobre isso.

Estava bastante ciente da presença da minha mãe e de Mary K. no recinto, especialmente com minha irmã acariciando o coração e fazendo gestos de desmaio para mim. Franzi a testa.

— Que bom, gosto da ideia — falou. — Quer ir até a Mágicka Prática hoje à tarde?

Mágicka Prática era uma loja Wicca na cidade de Red Kill, aqui perto, e um dos meus lugares favoritos para passar algumas horas.

— Adoraria — concordei, sentindo minha expressão relaxar em um sorriso. Meus sentidos ainda estavam acordando.

— Passo aí para buscar você. Pode ser a uma e meia?

— OK, até mais.

Desliguei o telefone. Minha mãe abaixou o jornal e olhou para mim sobre os óculos de leitura.

— O quê? — indaguei, sentindo-me envergonhada, com um grande sorriso tomando meu rosto.

— Está tudo indo bem com Cal? — perguntou.

— Aham — assenti.

Podia sentir minhas bochechas ficando vermelhas. Era esquisito falar com meus pais sobre meu namorado, especialmente tendo sido ele quem me apresentou à Wicca. Sempre consegui falar sobre minha vida com eles, mas a Wicca era uma parte da qual queriam se livrar, para sempre. Aquilo havia criado uma muralha entre nós.

— Cal parece legal — elogiou minha mãe, com um tom alegre, tentando relaxar e pescar informações ao mesmo tempo. — Sem dúvidas, ele é bonito.

— Er... é, ele é muito legal. Vou tomar um banho — murmurei, ficando em pé. — E depois vamos ao mercado.

Fugi.

* * *

— OK, primeira parada: cafeteria — ordenou Mary K. meia hora depois, dobrando a lista de compras e guardando-a no bolso do casaco.

Embiquei o Das Boot (meu carro gigantesco que parece um submarino) em direção ao estacionamento de um pequeno shopping aberto que hospedava o único empório de café de Widow's Vale. Corremos do carro até a loja, que tinha cheiro de café e doces frescos. Analisei o mural com o cardápio e tentei me decidir entre um café com leite e um especial do dia. Mary K. pairava sobre o balcão de vidro, encarando cobiçosamente um pão-doce coberto de glacê. Conferi meu dinheiro.

— Pegue um se quiser — ofereci. — É por minha conta. Vou querer um também.

Minha irmã abriu um sorriso, e pensei mais uma vez que ela parecia muito mais velha do que seus 14 anos. Algumas pessoas da idade dela eram muito desajeitadas: mal crescidas, com jeito de criança. Mary K. não; ela era esperta e madura. Pela primeira vez, ocorreu-me que eu era sortuda de ter uma irmã como ela, mesmo que não fôssemos irmãs de sangue.

A porta se abriu, e a sineta tocou. Bakker Blackburn entrou na loja, seguido de seu irmão mais velho, Roger, que se formara na escola de Widow's Vale no ano passado, e agora estava na Universidade de Vassar. Senti meu estômago apertar. Mary K. arregalou os olhos em direção à porta e rapidamente desviou o olhar.

— E aí Mary K., Morgana — murmurou Bakker, evitando nossos olhos.

Ele provavelmente me odiava. Cerca de uma semana atrás, o expulsara de nossa casa em termos bastante definitivos depois de encontrá-lo prendendo minha irmã na cama, praticamente a estuprando. Era possível que me achasse um alienígena também, já que os termos da expulsão incluíam acertá-lo em cheio com uma esfera azul cintilante de fogo de bruxo, mesmo não tendo a intenção. Ainda não sei como consegui fazer aquilo. Meus poderes me surpreendem constantemente.

Mary K. acenou com a cabeça na direção de Bakker. Claramente, não sabia o que dizer.

— Oi, Roger — falei. Ele era dois anos mais velho do que eu, mas Widow's Vale é uma cidade pequena, e todos se conhecem. — Como vai?

— Nada mal — respondeu, dando de ombros.

Os olhos de Bakker permaneciam focados em Mary K.

— É melhor irmos — constatei, me dirigindo à saída.

Mary K. assentiu, mas não se apressou em me seguir porta afora. Talvez ela secretamente quisesse ver se Bakker falaria alguma coisa. E é claro que ele se aproximou de minha irmã.

— Mary K. — começou, em tom de súplica.

Ela olhou em sua direção, mas logo se virou e me alcançou sem dizer uma palavra. Fiquei aliviada. Sabia que ele andava se rastejando atrás dela após o incidente, e podia perceber que Mary K. começava a fraquejar. Tinha medo de ser muito dura com ela e acabar fazendo com que corresse de volta para Bakker, então ficava quieta. Mas havia prometido a mim mesma que, se tivesse o menor dos sinais de que ele estaria forçando a barra com ela novamente, iria contar aos meus pais, aos pais dele e a todo mundo que conheço.

E Mary K. provavelmente nunca me perdoaria por isso, pensei, enquanto entrávamos no carro.

Liguei o motor do Das Boot, e saímos do estacionamento. Pensar na vida amorosa de Mary K. me fizera pensar na minha própria. Comecei a sorrir, e não pude me conter. Seria Cal meu *mùirn beatha dàn* — o termo Wicca para alma gêmea, parceiro para toda a vida? Ele parecia acreditar nisso. Aquela possibilidade fez com que um calafrio percorresse minha espinha.

No mercado, renovamos nosso estoque de *wafer* e de outras necessidades básicas. No corredor de besteiras, coloquei caixas de Coca Diet no carrinho enquanto Mary K. empilhava sacolas de *pretzels* e batata-frita sobre elas. No final do corredor havia biscoitos de chocolate, o petisco favorito de Bree.

Bree. Minha ex-melhor amiga.

Engoli em seco. Quantas vezes Bree e eu havíamos entrado no cinema com caixas de biscoito de chocolate escondidas? Quantas caixas havíamos consumido sentadas no escuro, contando nossos segredos quando dormíamos na casa da outra? Ainda parecia bizarro que fôssemos inimigas, que nossa amizade se rompera porque ela gostava de Cal e ele gostava de mim. Nas últimas semanas, desejei repetidas vezes poder contar a ela sobre tudo o que descobrira. Bree sequer sabia que eu era adotada. Ainda achava que eu era uma Rowlands de nascença, como Mary K. Mas Bree agora era insuportável comigo, e eu era fria com ela. Bem. Por enquanto, não havia nada que pudesse fazer com relação a isso. Parecia melhor não ficar remoendo algo que não podia mudar.

Mary K. e eu pagamos as compras e as descarregamos no porta-malas. Prendi um bocejo quando entramos no carro; o clima cinza e triste parecia roubar minha energia. Queria ir para casa e tirar um cochilo antes de Cal chegar.

— Vamos pela Picketts Road — pediu Mary K., apontando as ventoinhas do aquecedor diretamente para seu rosto. — É muito lindo, mesmo que seja um caminho mais longo.

— Picketts Road, então — concordei, fazendo a curva. Também preferia aquele caminho: era montanhoso e ventava bastante, sem muitas casas ao redor. As pessoas criavam cavalos por aqui, e apesar da maioria das árvores já estar pelada, as folhas coloridas se juntavam no chão, como padrões de um tapete oriental.

À nossa frente, dois carros estavam estacionados no acostamento. Meus olhos se estreitaram. Reconheci os carros: o jipe branco de Matt Adler e o velho Peugeot preto de Raven Meltzer... Parados um ao lado do outro em uma estrada pouco movimentada. Aquilo era estranho. Nunca havia percebido que eles se falavam. Olhei ao redor, mas não vi nenhum dos dois.

— Interessante — sussurrei.

— O quê? — perguntou minha irmã, enquanto mexia no dial do rádio.

— Aqueles eram o jipe de Matt Adler e o Peugeot de Raven Meltzer.

— E daí?

— Eles nem são amigos — comentei, dando de ombros. — O que seus carros estão fazendo por aqui? — indaguei, e Mary K. apertou os lábios.

— Meu Deus, talvez eles tenham assassinado uma pessoa e estejam enterrando o corpo — ironizou.

Lancei-lhe um olhar de reprovação.

— É um pouco incomum, só isso. Quero dizer, Matt é o namorado de Jenna, e Raven...

Raven não liga se um cara é namorado de alguém, completei em silêncio. Ela só gostava de pegar caras, mastigá-los e jogá-los fora.

— Sei, mas eles dois fazem esse negócio de Wicca com você, não? — sugeriu Mary K., baixando o quebra-sol para se olhar no espelho.

Era bastante óbvio que ela não queria me olhar nos olhos. Mary K. já havia deixado bastante claro que não aprovava "Esse negócio de Wicca", como ela própria chamava.

— Mas Raven não é do nosso coven — argumentei. — Ela e Bree começaram o próprio.

— Isso é porque você e Bree não estão mais se falando? — pontuou, ainda se olhando no espelho.

Mordi o lábio. Ainda não havia contado muito sobre Bree e Cal para minha família. Eles perceberam, é claro, que Bree e eu não estávamos mais andando juntas, e que Bree não ligava mais para minha casa nove vezes ao dia. Porém, eu havia murmurado algo sobre Bree estar ocupada com um novo namorado, e ninguém havia me perturbado com isso ainda.

— Faz parte disso — suspirei. — Ela achou que estava apaixonada por Cal. Mas ele queria ficar comigo. Então Bree decidiu me mandar pro inferno.

Falar aquilo em voz alta doía.

— E você escolheu Cal — concluiu minha irmã, embora seu tom de voz fosse compreensivo, e eu balancei a cabeça.

— Não é como se tivesse escolhido Cal *a* ela. Na verdade, ela é quem escolheu ele a mim primeiro. Sem falar que eu não disse a Bree que queria que ela sumisse da minha vida ou algo assim. Ainda queria que fôssemos amigas.

Mary K. fechou o quebra-sol.

— Embora ela estivesse apaixonada pelo seu namorado.

— Ela *achou* que estava apaixonada por ele — rebati, começando a ficar irritada. — Bree sequer o conhecia. Ainda não o conhece. Enfim, você sabe como ela é com garotos. Ela gosta da emoção da caça e da conquista muito mais do que de qualquer coisa duradoura. Ela os usa e depois joga fora. E Cal não queria ficar com ela. — Suspirei novamente. — É complicado.

Mary K. deu de ombros.

— Você acha que eu não deveria ter ficado com Cal só porque Bree gostava dele? — perguntei, e meus punhos ficaram brancos de tanto que apertavam o volante.

— Não, não é exatamente isso — disse ela. — É só que... me sinto meio mal por Bree. Ela perdeu você *e* Cal.

Funguei o nariz.

— Bom, ela está sendo muito desagradável comigo no momento — murmurei, esquecendo-me do quanto eu sentira a falta de Bree minutos atrás. — Então ela obviamente não está muito fragilizada com isso.

Mary K. olhou pela janela.

— Talvez ser desagradável seja apenas como Bree age quando está triste — divagou baixinho, enquanto observava a floresta cerrada passar por nós. — Se você fosse minha melhor amiga por quase 12 anos e me deixasse por um cara que acabou de conhecer, talvez eu fosse desagradável também.

Não respondi. Fique fora disso, pensei. Como se minha irmã de 14 anos soubesse de alguma coisa. Afinal, ela se envolvera com um imbecil como Bakker.

Mas, no fundo, me perguntei se o motivo de estar me sentindo irritada não seria porque Mary K. estava certa.

3
Woodbane

Litha, 1998

Esta é a época do ano em que me sinto mais triste. Triste e furioso. Um dos últimos círculos que fiz com meus pais foi para Beltane, há oito anos. Eu tinha 8 anos, Linden tinha 6, e Alwyn apenas 4. Lembro-me de nós três sentados com as outras crianças, os filhos dos membros do coven. O calor de maio estava tentando se infiltrar e banir a umidade sombria e gélida de abril. Ao redor de nosso mastro cerimonial, os adultos riam e bebiam vinho. Nós, crianças, dançávamos, entrelaçando uns aos outros com fitas e atraindo a mágicka até nós em uma rede pastel.

Senti a mágicka dentro de mim, dentro de tudo. Eu era muito impaciente. Não sabia como aguentaria até os 14 anos, quando poderia ser iniciado plenamente como bruxo. Lembro-me do pôr-do-sol reluzindo no cabelo de minha mãe, que abraçava meu pai, e eles se beijavam enquanto os outros riam. Eu e as outras crianças grunhimos e cobrimos os rostos, mas estávamos apenas fingindo estarmos envergonhados. Por dentro, nossas almas estavam dançando. O ar estava cheio de vida, e tudo brilhava e se enchia de luz, perplexidade e alegria.

E pouco antes de Litha, sete semanas depois, minha mãe se fora, e meu pai se fora — desaparecidos, sem deixar rastro algum, sem dizer uma palavra a nós, seus filhos. E minha vida mudou para sempre. Minha alma ressecou, encolheu, se retorceu.

Agora sou um bruxo, e quase totalmente formado. Ainda assim, por dentro, meu espírito ainda é algo perturbado e maligno. E mesmo que agora eu tenha descoberto a verdade, ainda estou furioso; de certa forma, mais do que jamais estive. Será que vai ser assim para sempre? Talvez somente a Deusa tenha essa resposta.

— Giomanach

Estava em meu quarto após o almoço, contorcendo meus longos cabelos em uma trança, quando senti a presença de Cal. Um sorriso se espalhou pelo meu rosto. Agucei os sentidos e pude perceber meus pais na sala de estar, Mary K. no banheiro... e Cal chegando mais perto; fazendo meus nervos formigarem enquanto se aproximava. Ao mesmo tempo em que eu amarrava um elástico ao redor da minha trança, ele tocou a campainha. Corri para fora do quarto e desci as escadas.

Minha mãe abriu a porta.

— Olá, Cal — cumprimentou.

Ela o vira apenas uma vez antes, quando ele veio me visitar após Bree ter quase quebrado meu nariz com uma bola de vôlei na aula de educação física. Pude senti-la dando a tradicional inspecionada materna de cima abaixo em Cal, parado ali.

— Oi, Sra. Rowlands — respondeu ele com leveza, enquanto sorria. — Morgana está... ah, ali está ela.

Nossos olhos se encontraram, e abrimos um sorriso bobo para o outro. Não conseguia esconder o prazer que sentia em vê-lo, nem mesmo de minha mãe.

— Você volta para o jantar? — perguntou ela, incapaz de resistir a me dar um beijo rápido.

— Volto — assenti. — E à noite vou até a casa de Jenna.

— OK. — Minha mãe respirou fundo, então sorriu para Cal mais uma vez. — Divirtam-se.

Sabia que ela estava se esforçando bastante para não pedir a Cal que dirigisse com cautela, e devo dar-lhe esse crédito: ela conseguiu. Acenei em despedida e me apressei em direção ao carro de Cal.

— Ainda quer ir à Mágicka Prática? — perguntou, virando a chave na ignição.

— Aham — respondi, afundando-me no banco do carona, e meus pensamentos instantaneamente se voltaram para a noite anterior, no momento em que encontrei o Livro das Sombras de Maeve.

Assim que perdemos minha casa de vista, Cal encostou o carro e veio me dar um beijo. Cheguei o mais perto que o cinto de segurança me permitiu, e lhe dei um abraço apertado. Aquilo era tão estranho: sempre contei com Bree e minha família para serem meu chão, para me apoiarem. Mas agora Bree sumira da minha vida, e minha família e eu ainda estávamos nos acertando quanto ao fato de eu ser adotada. Se não fosse por Cal... Bem, parecia melhor não pensar sobre isso.

— Você está bem? — preocupou-se Cal, saindo do abraço para me beijar novamente no rosto. — Algo no LDS a chateou?

— Ainda não — confessei, balançando a cabeça em negativa. — É muito legal, na verdade. Estou aprendendo muito com ele. — Fiz uma pausa. — Sua mãe não está brava que eu o peguei, está?

— Não, ela sabe que o livro é seu. Deveria ter lhe contado sobre ele. — Cal deu um sorriso triste. — É só que... Sei lá. Minha mãe está acostumada a ser a chefe, sabe? Ela lidera seu próprio coven, é a suma sacerdotisa. Está sempre ajudando os outros a resolver seus problemas, ajudando-os com as coisas; então, às vezes age como se tivesse que proteger todo mundo. Mesmo que as pessoas não queiram.

Assenti, tentando ser compreensiva.

— É, dá para perceber. É só que... acho que senti que aquilo realmente não era da conta dela, sabe? Ou até poderia ser, mas tinha que ser da minha conta primeiro.

Houve um vislumbre tímido de surpresa nos olhos de Cal, e ele soltou uma risada seca.

— Você é engraçada — constatou. — Normalmente, as pessoas ficam loucas com minha mãe. Todo mundo se impressiona tanto com os poderes dela, com sua força. Eles cospem todos os seus problemas e contam tudo a ela, e querem ficar o mais próximo dela quanto possível. Ela não está acostumada a ser desafiada.

— Mas eu gosto muito dela — argumentei, com medo de ter soado ríspida demais. — Quero dizer, eu...

— Não, está tudo bem. — interrompeu ele, assentindo. — Isso é um certo alívio. Você quer tomar as rédeas de sua vida, fazer as coisas por si mesma. Ser fiel a si mesma. Isso torna você alguém interessante.

Não sabia o que dizer. Fiquei levemente ruborizada.

Cal puxou minha trança de dentro do meu casaco.

— Adoro seu cabelo — murmurou, observando a trança correr por entre os dedos. — Cabelo de bruxa. — Então me lançou um sorriso torto e engatou a marcha.

Agora sabia que meu rosto devia estar vermelho, mas recostei-me no assento, sentindo-me feliz, forte e insegura, tudo ao mesmo tempo. Meus olhos correram a paisagem do lado de fora da janela enquanto seguíamos. As nuvens haviam escurecido, movendo-se preguiçosamente pelo céu, como se tentando decidir quando começariam a despejar neve. Quando chegamos a Red Kill, elas relaxaram, soltando flocos grandes e molhados que se aglutinavam em qualquer superfície.

— Lá vamos nós — brincou Cal, ligando os limpadores de para-brisa. — Bem-vinda ao inverno.

Sorri. De alguma forma, a neve que caía e os limpadores barulhentos tornavam o silêncio de dentro do carro ainda mais pacífico. Senti-me muito contente por viver aquele momento, com Cal. Senti que podia passar por cima de qualquer coisa.

— Sabe, tem algo que queria ter lhe dito antes — admiti. — No outro dia, segui Bree, com a intenção de confrontá-la de uma vez por todas.

— Sério? — questionou Cal, lançando-me um olhar, então assenti.

— Sério... Mas acabou não saindo como planejado. Em vez disso, vi ela e Raven se encontrando com Sky Eventide.

Sua mão se afastou de súbito, e ele olhou para mim rapidamente outra vez.

— Sky?

— É, aquela bruxa loura que conheci na noite passada, na casa de sua mãe.

A que era muito linda, pensei, sentindo uma bizarra pontada de inveja. Mesmo sabendo que Cal me amava, que havia *escolhido* ficar comigo, sentia-me insegura, especialmente quando estávamos com garotas bonitas. É só que... ele é tão lindo, com seus olhos dourados, alto e com um corpo perfeito. E eu... bem, eu não era perfeita assim. Uma garota sem peitos e com um nariz enorme que nem de longe poderia ser chamado de perfeito.

— Enfim, vi Sky com Bree e Raven — continuei, deixando as inseguranças de lado. — Aposto que é ela a bruxa de sangue do coven deles.

— Humm — murmurou ele, enquanto olhava fixamente para a estrada, como se estivesse perdido em pensamentos. — É verdade. Sim, acho que é uma possibilidade.

— Ela é... má? — indaguei, por falta de um termo melhor. — Quero dizer, sinto que você não gosta dela, e de Hunter também. Eles são, sei lá, do lado negro? — Embolei-me com as palavras; elas soavam melodramáticas demais.

Cal gargalhou, surpreso.

— Lado negro? Você está assistindo a filmes demais. Não existe lado negro na Wicca. É tudo um grande círculo. Tudo o que é mágicko faz parte desse círculo. Você, eu, o mundo, Hunter, Sky, tudo. Estamos todos conectados.

Franzi a testa. Parecia-me algo estranho de se dizer, especialmente considerando a forma como Cal fitava Hunter e Sky.

— Noite passada vocês não pareciam se gostar muito — insisti.

Cal deu de ombros. Ele virou na rua principal de Red Kill e diminuiu a velocidade, seguindo lentamente à procura de uma vaga. Após alguns instantes de silêncio, Cal finalmente falou:

— Às vezes encontramos pessoas que nos tocam da maneira errada. Conheci Hunter uns dois anos atrás, e... simplesmente não conseguimos suportar um ao outro. — Cal riu, como se aquilo não tivesse muita importância. — Tudo nele me irrita, e é mútuo. Isso não soa muito bruxo, eu sei. Mas não confio nele.

— Como assim? Não confia nele como pessoa, ou como bruxo?

Cal estacionou em uma vaga angulada e desligou o carro.

— Não faz diferença — falou entre dentes, com a expressão distante.

— E quanto ao grande círculo? — questionei, não conseguindo me conter. — Se estão conectados, então como ele pode tirar você do sério dessa forma?

— É só que... — começou, então balançou a cabeça em negativa. — Esquece. Vamos falar de outras coisas. — Cal abriu a porta do carro, e seus pés tocaram a neve.

Abri a boca para retrucar, então a fechei novamente. Parecia importante insistir naquela conversa, afinal, Hunter e Sky provocavam um efeito profundo em mim, e eu não conseguia identificar o porquê. Mas, se Cal queria deixar isso para lá, eu poderia respeitá-lo. Havia coisas sobre as quais também não gostaria de falar com ele. Saí do carro e bati a porta, então corri para alcançá-lo.

— É uma pena que você não tenha mais nada de sua mãe — apontou Cal, enquanto caminhávamos em direção à aconchegante lojinha. Ambos estávamos com os rostos escondidos dentro dos casacos para nos proteger do frio. — Tipo os instrumentos do coven, seu *athame* ou cetro, ou talvez a túnica de sua mãe. Estas coisas seriam ótimas de se ter.

— Seriam. Mas acho que isso tudo já se perdeu há muito tempo.

Cal abriu a pesada porta de vidro da Mágicka Prática, e me esgueirei por baixo de seu braço. O ar morno nos envolveu, enriquecido por um aroma de ervas. Batemos a neve de nossos sapatos, e eu tirei as luvas, então abri um sorriso. Automaticamente, comecei a sondar nomes de livros nas prateleiras. Eu amo essa loja. Poderia passar o dia inteiro aqui, lendo. Lancei um olhar para Cal: ele também já estava lendo as lombadas dos livros.

Alyce e David, os dois atendentes, estavam ambos nos fundos da loja, conversando calmamente com clientes. Meus olhos imediatamente correram de David — com seu cabelo curto grisalho, o rosto inesperadamente juvenil e os olhos negros penetrantes — para Alyce. Senti uma conexão instantânea com ela assim que a conheci. Fora Alyce quem me contara a história de minha mãe biológica, de como seu coven fora completamente destruído. Por ela, soube que Maeve e meu pai fugiram para os Estados Unidos e se instalaram em Meshomah Falls, uma cidade a cerca de duas horas daqui. Nos Estados Unidos, eles renunciaram à mágicka e à bruxaria, e passaram a viver calmamente sós. Então, cerca de sete meses após meu nascimento, entregaram-me para adoção. Pouco depois disso, foram trancados em um celeiro, que foi incendiado.

— Você leu isto? — perguntou Cal, interrompendo meus pensamentos enquanto estendia a mão até um livro em uma prateleira perto do caixa. Se chamava *Jardins da Mágicka*. — Minha mãe tem uma cópia e a usa bastante.

— Sério? — Peguei o livro da mão dele, intrigada. Não me lembrava de vê-lo na biblioteca de Selene. Por outro lado, havia centenas de livros lá. — Uau! Isto é incrível — murmurei, folheando as páginas. Era sobre planejar um jardim de ervas para maximizar seu potencial, extraindo o melhor das plantas para fazer curas e feitiços. — Isto é exatamente o que eu gostaria de...

Parei a frase na metade. No final do livro, havia um capítulo chamado "Feitiços para Eliminar Inimigos". Um formigamento desagradável percorreu meu pescoço. O que aquilo significava, exatamente? A mágicka das plantas poderia ser usada para machucar as pessoas? De certa forma, aquilo não parecia correto. Por outro lado, talvez seja importante para uma bruxa conhecer as possibilidades negativas da mágicka das ervas, para que possa se resguardar contra elas. Sim. Talvez esse conhecimento seja parte crucial do grande círculo da Wicca que Cal mencionara momentos antes.

Ele gentilmente tomou o livro de mim e o enfiou debaixo do braço.

— Vou comprá-lo para você — declarou, beijando-me em seguida. — Como presente de aniversário.

Assenti, sentindo minhas preocupações evaporarem em uma onda de prazer. Meu aniversário de 17 anos ainda estava a oito dias de distância. Fiquei surpresa e animada por Cal já pensar sobre isso.

Fomos caminhando pela loja. Nunca estive aqui com Cal, e ele me mostrou tesouros escondidos que eu nunca percebera antes. Primeiro olhamos as velas. Cada cor tinha uma propriedade diferente, e Cal me contou sobre quais são usadas em que tipo de ritual. Minha cabeça girou com todos aqueles nomes; havia muito para aprender. Depois, examinamos conjuntos de pequenas tigelas. Wiccas as utilizam para guardar sal e outras substâncias usadas em rituais, como água e incenso. Ele me disse que, quando vivia na Califórnia, ele e Selene passaram um verão inteiro coletando água do mar e deixando-a evaporar para extrair o sal, que eles guardaram e usaram para purificar seus círculos por quase um ano.

Depois, vimos sinos de bronze, que ajudavam a carregar campos de energia durante círculos, e Cal me mostrou barbantes, linha e tinta magickamente carregados. Aqueles eram objetos corriqueiros, mas haviam sido transformados; como eu, pensei. Senti-me tão bem que quase ri alto. A mágicka estava em todas as coisas, e um bruxo realmente inteligente poderia literalmente imbuir de feitiços poderosos qualquer objeto. Eu tivera vislumbres deste conhecimento antes, mas tendo Cal aqui, de fato me mostrando esses objetos, tudo parecia mais real, mais acessível e infinitamente mais empolgante do que jamais fora.

E, por todo lado, havia livros: sobre runas, sobre como a posição das estrelas afetava os feitiços, os poderes de cura da magia, sobre como aumentar os poderes de uma pessoa. Cal mostrou-me vários que achava que eu deveria ler, mas que ele tinha em casa e iria me emprestar.

— Você já tem uma túnica mágicka? — perguntou de repente, então apontou para uma veste que estava em uma arara nos fundos da loja. Era feita de seda em um tom profundo de azul, e seu tecido fluía como água.

Sacudi a cabeça em negativa.

— Acho que lá para o Imbolc devemos começar a usar túnicas em nossos círculos — sugeriu ele. — Vou conversar com os outros sobre isso. Em geral, elas são melhores do que roupas comuns para fazer mágicka: só as usamos para isso, então elas não se contaminam com vibrações desordenadas do dia a dia. E são confortáveis, práticas.

Concordei com a cabeça, apalpando o tecido de diferentes vestes. A variedade era espantosa. Algumas eram lisas; outras tinham estampas ou bordados com runas e símbolos mágickos. Porém, nenhuma me passou a sensação de que eu precisava comprá-la, embora fossem todas muito bonitas. Mas tudo bem; o Imbolc era apenas no final de Janeiro. Tinha bastante tempo para encontrar uma para mim.

— Você usa túnica? — perguntei.

— Aham — assentiu Cal. — Sempre que faço um círculo com minha mãe, ou sozinho. A minha é branca, feita de linho bastante pesado. Tenho esta túnica há alguns anos. Queria poder usá-la o tempo todo — confessou, com um sorriso. — Mas não acho que a população de Widow's Vale esteja preparada para isso.

Gargalhei, imaginando Cal entrando na farmácia Schweikhardt's em uma longa veste branca.

— Às vezes, elas são passadas de geração em geração — continuou —, como instrumentos. Ou, em outras, as pessoas tecem e costuram suas próprias túnicas. É como qualquer artefato: quanto mais você se dedica a ele, e quanto mais energia deposita ali, maior a capacidade que terá de armazenar energia mágicka e de lhe ajudar a canalizá-la quando realizar feitiços.

Estava começando a entender aquilo tudo, embora soubesse que precisaria de um bom tempo meditando sobre como poderia começar a aplicar aquelas informações em meus próprios feitos mágickos.

Cal atravessou o corredor e esticou a mão para algo que estava numa prateleira superior. Era um *athame*: uma adaga cerimonial, de cerca de 25 centímetros. A lâmina era feita de prata muito bem polida; parecia um espelho. O cabo era entalhado com rosas prateadas, e havia uma caveira unindo as duas partes.

— Lindo, não é? — sussurrou Cal.

— Por que tem uma caveira? — indaguei.

— Para lembrar-nos de que, na vida, sempre há a morte — explicou calmamente, girando a faca por entre os dedos. — Há escuridão na luz, há dor na alegria, e há espinhos em uma rosa. — Cal soava solene e pensativo, e aquilo me fez estremecer. Então, ele ergueu os olhos para mim. — Talvez um certo alguém cheio de sorte ganhe-a de aniversário.

Ergui as sobrancelhas, parecendo esperançosa, e ele riu.

Estava ficando tarde, e eu precisava voltar para casa. Cal pagou pelas compras, levando algumas velas esverdeadas, incenso e o livro de jardinagem de presente. Senti os olhos de Alyce pousarem sobre mim.

— Nada para você? — perguntou ela, de sua maneira gentil, e balancei a cabeça em negativa. Ela hesitou e, então, lançou um olha fugaz na direção de Cal. — Tenho algo que deveria ler — revelou.

Movendo-se de forma surpreendentemente graciosa para uma pessoa baixinha e atarracada, ela saiu de trás do balcão e se dirigiu ao final do corredor de livros. Dei de ombros para Cal, e logo Alyce estava de volta, balançando sua saia cor de lavanda e entregando-me um livro de capa lisa marrom-escura.

— *Woodbane: História e Mito.* — Eu li em voz alta.

Um calafrio percorreu meu corpo. Os Woodbane eram os mais sombrios dos sete clãs Wicca, notórios por sua sede de poder. Os bruxos malvados. Olhei para ela, estupefata.

— Por que eu deveria ler isso? — questionei, e Alyce me olhou diretamente nos olhos.

— É um livro interessante que derruba vários mitos que circundam os Woodbane — explicou, registrando o livro. — É uma literatura útil a qualquer estudante da arte.

Não sabia o que dizer, mas saquei a carteira e contei o dinheiro, colocando as notas sobre o balcão. Confiava em Alyce. Se ela achava que eu deveria ler aquilo, eu leria. Mas, ao mesmo tempo, percebia a tensão que percorria o corpo de Cal. Não estava nervoso, mas parecia extremamente alerta, observando Alyce e a mim; analisando tudo. Passei o braço em volta de seu corpo e apertei sua cintura, no intuito de tranquilizá-lo.

Ele sorriu.

— Tchau, Alyce — despedi-me. — Obrigada.

— O prazer é meu — replicou. — Até logo, Morgana. Até logo, Cal.

Carreguei meus livros novos nos braços enquanto caminhávamos até a porta; um que queria ler, outro, nem tanto. Ainda assim, leria ambos. Embora estivesse estudando bruxaria havia dois meses, já tinha aprendido uma lição valiosa: tudo tem dois lados. Deveria absorver o bom com o mau, o divertido com o desconfortável, a animação com o medo. Os espinhos com a rosa.

Cal abriu porta, e a sineta tocou.

Ele parou tão subitamente que dei de cara com suas costas.

—Ai! — exclamei, recompondo-me e voltando o olhar para ele.

Foi então que vi o que o fez parar.

Era Hunter Niall, agachado no meio da rua, espiando por baixo do carro de Cal.

4
Feitiço

Litha, 1990

Estou com medo. Acordei esta manhã sob o som de um lamento. Alwyn e Linden estavam no meu quarto e choravam porque não conseguiam encontrar nossos pais. Fiquei nervoso e falei que não eram mais bebês. Disse que nossos pais estariam de volta em breve. Achei que deviam ter ido até a cidade para comprar algo de que precisavam.

Mas já é noite, e continuamos sozinhos. Não ouvi uma palavra de nossos vizinhos, nem do coven de nossos pais. Fui até a casa de Siobhan, e também à de Caradog Owens, em Grasmere, para perguntar-lhes se sabiam onde eles estariam. Mas não havia ninguém em casa.

E tem mais uma coisa. Quando estava arrumando a cama, encontrei, embaixo do travesseiro, o lueg do meu pai — a pedra que usa em sua vidência. Como chegara até aqui? Ele sempre o mantinha em segurança com o resto de seus instrumentos mágickos. Nunca sequer me deixara tocá-lo. Como fora parar sob meu travesseiro? Estava com um mau pressentimento...

Meu pai sempre me dissera que, quando ele e minha mãe não estivessem em casa, eu era o mestre da família. Era minha obrigação cuidar de meus irmãos. Mas não sou um homem como ele. Só tenho 8 anos. Ainda faltam muitos anos até que me torne um bruxo. O que poderei fazer se houver algum problema?

E se algo tiver acontecido a eles dois? Nunca haviam nos deixado sozinhos desta forma. Será que alguém os levou? Estariam presos em algum lugar?

Preciso dormir, mas não consigo. Alwyn e Linden podem dormir por mim. Preciso ser forte para eles.

Nossos pais voltarão para nós em breve. Vão sim. Sei disso.

Deusa, traga-os para casa.

— Giomanach

Como se sentisse que nos aproximávamos, Hunter ergueu-se rapidamente. Seus olhos verdes estavam inchados e vermelhos. Seu rosto estava pálido por causa do frio, e havia flocos de neve em seu chapéu. Mas, apesar de seus olhos avermelhados, ele parecia ter sido talhado em mármore. Estático e, de certa forma, perigoso. Por que estaria olhando por baixo do carro? Mais importante do que isso, por que eu o achava tão ameaçador? Não sabia as respostas, mas sabia que, como uma bruxa de sangue, deveria seguir meus instintos. Estremeci por dentro do casaco.

— O que está fazendo, Niall? — perguntou Cal.

Sua voz era tão grave e firme que mal a reconheci. Olhei para ele, e vi que seu maxilar estava tenso, e suas mãos cerradas ao lado do corpo.

— Apenas admirando seu grande carro americano — disse Hunter. Ele fungou, então sacou um lenço do bolso.

Deve estar resfriado, pensei. Eu me perguntei há quanto tempo ele deveria estar ali fora, no frio.

Cal desviou seu olhar para o Explorer, observando cada detalhe, como se procurasse algo fora do lugar.

— Olá, Morgana — sussurrou Hunter, e sua enjoativa voz anasalada fez seu cumprimento soar como um insulto. — Companhia interessante, a sua.

Os flocos de neve caíam geladamente sobre minha pele quente. Troquei os livros de braço e o encarei. Por que ele se importava?

Hunter foi até a calçada, e Cal virou-se para enfrentá-lo, posicionando-se entre mim e Hunter. Meu herói, pensei. Mas parte de mim também sentia um temor palpável. Hunter franziu a testa, com malares tão pontudos que pareciam rebater os flocos de neve.

— Então Cal está lhe ensinando os segredos da Wicca, não é? — perguntou, recostando-se despreocupadamente contra o capô do carro, e Cal não tirou os olhos dele por um segundo. — É claro que ele próprio tem uma boa parcela de segredos, certo?

— Pode ir embora agora, Niall — cuspiu Cal.

— Não, acho que não — retrucou Hunter. — Acho que vou ficar por algum tempo. Quem sabe, talvez eu tenha algumas coisas para ensinar a Morgana também.

— O que quer dizer com isso? — perguntei, e Hunter apenas deu de ombros.

— Saia de perto de mim — ordenou Cal.

Hunter deu um passo atrás, ostentando um leve sorriso, com as mãos no ar, como se para mostrar que estava desarmado. O olhar de Cal disparava de Hunter para o carro. Nunca o vira tão furioso, a ponto de perder o controle. Aquilo me assustava. Ele parecia um tigre, pronto para dar o bote.

— Há algo que deveria aprender, Morgana — pontuou Hunter. — Cal não é o único bruxo de sangue por aqui. Ele gosta de acreditar que é um grande homem, mas não passa de um fedelho. Um dia, você perceberá. E quero estar aqui para assistir a esse momento.

— Vá à merda — xingou Cal.

— Olha, você não me *conhece* — vociferei. — Não sabe nada sobre mim. Então cale a boca e nos deixe em paz!

Caminhei furiosamente até o carro, mas, no momento em que passei por Hunter e nossos braços tocaram-se levemente, uma nauseante onda de energia atingiu meu estômago; tão intensa que me sobressaltei. Ele colocou um feitiço em mim, pensei em pânico, agarrando-me à maçaneta do carro. Mas ele não falara nada, nem fizera nada que eu pudesse ver. Pisquei os olhos com força.

— Vamos, Cal — murmurei, com a voz trêmula. — Por favor.

Cal ainda estava encarando Hunter, como se quisesse parti-lo ao meio. Seus olhos flamejavam, e sua pele parecia estar mais pálida.

Hunter o encarava de volta, mas senti que sua concentração se quebrara: ele se deixara abalar por um momento. Então se enrijeceu novamente.

— Por favor, Cal — repeti.

Sabia que algo havia acontecido comigo; sentia-me quente e estranha, desesperada para ir embora, para estar em casa. Minha voz deve ter alertado Cal de meu mal-estar, pois ele desviou os olhos de Hunter por um segundo; fitei-o, suplicante. Finalmente, ele sacou as chaves do bolso, mergulhou para dentro do carro e abriu minha porta.

Desabei no banco do carona e cobri o rosto com as mãos.

— Até logo, Morgana — gritou Hunter.

Cal girou a chave e acelerou em marcha ré, atirando neve e gelo na direção de Hunter. Espiei por entre os dedos e vi Hunter parado ali, com uma expressão indecifrável no rosto. Seria... raiva? Não. A neve girava ao seu redor enquanto nos observava partir.

Foi só quando estávamos quase chegando à minha casa que me dei conta.

Sua expressão era de fome.

5
Dagda

Beltane, 1992

Sinto vontade de socar a tudo e a todos. Odeio minha vida, odeio viver com meus tios Beck e Shelagh. Tudo mudou desde que nossos pais desapareceram, dois anos atrás, e nunca voltará a ser igual.

Hoje Linden caiu de uma escada e machucou o joelho. Tive que limpá-lo e fazer um curativo, e durante todo o tempo, ele chorava; e eu xingava nossos pais por terem nos abandonado e me deixado para fazer o trabalho deles. Por que foram embora? Para onde foram? Tio Beck sabe a resposta, mas se recusa a me dizer. Tia Shelagh diz que ele está apenas pensando no meu bem, mas como não saber a verdade pode ser o meu bem? Eu detesto ele.

No final, quando terminei o curativo, fiz uma careta, e Linden sorriu por entre as lágrimas. Aquilo me fez sentir melhor. Mas só por um instante. As alegrias não duram muito. Foi isto que aprendi. Era melhor para Linden que aprendesse o mesmo.

— Giomanach

* * *

Minha mãe veio falar comigo enquanto me arrumava para ir ao círculo que faríamos na casa de Jenna Ruiz.

— Vão ao cinema? — perguntou, automaticamente começando a arrumar uma pilha de roupas rejeitadas por mim sobre a cama.

— Não — respondi, e deixei por isso mesmo.

Quando o assunto era Wicca, a política do silêncio era a mais apropriada. Eu me virei de lado em frente ao espelho: como de costume, estava péssima. Abri a porta do banheiro e gritei o nome de Mary K. Ter uma irmã sempre na moda tinha suas vantagens.

Mary K. apareceu sem demora, e estiquei os braços em sua direção.

— Socorro — clamei.

Ela me julgou de cima abaixo com seus olhos castanhos, então balançou a cabeça em negativa.

— Pode tirar tudo isso — ordenou, e atendi obedientemente.

Minha mãe sorriu diante daquela cena, então tentou arrancar mais alguma informação de mim enquanto minha irmã vasculhava meu armário.

— Disse que ia até a casa de Jenna? Bree estará lá?

Pausei por um instante. Tanto Mary K. quanto minha mãe haviam mencionado Bree hoje. Não fiquei exatamente surpresa: ela fora uma presença constante naquela casa durante anos. Mas falar sobre ela era doloroso.

— Acho que não — comentei, por fim. — Será apenas nosso grupo de sempre, uma reuniãozinha. Aliás, nunca fui à casa de Jenna antes.

Uma péssima tentativa de mudar o assunto, eu sei. Mary K. atirou-me um jeans skinny, e não hesitei em enfiar-me dentro dele.

— Não temos mais visto Bree — comentou minha mãe, enquanto Mary K. desaparecia em direção ao próprio quarto, e eu fiz que sim com a cabeça, ciente de que me observava. — Vocês brigaram? — perguntou, sem rodeios.

Mary K. voltou, segurando um suéter bordado.

— Mais ou menos — suspirei.

Realmente não queria entrar nesse assunto, ao menos não agora. Tirei o moletom que usava e coloquei o suéter, que, para minha surpresa, serviu perfeitamente. Sou mais alta e magra que Mary K., mas ela herdara o busto curvilíneo de minha mãe. Quero dizer, a adotiva. Peguei-me distraidamente imaginando se Maeve Riordan teria um corpo parecido com o meu.

— Brigaram por causa da Wicca? — insistiu, com a sutileza de um machado. — Bree não gosta de Wicca?

— Não é isso — falei, puxando o cabelo de dentro do suéter e examinando meu novo visual. Havia melhorado bastante, o que melhorou, também, meu humor. — Bree também pratica a Wicca. — Suspirei mais uma vez, finalmente cedendo ao interrogatório. — Na verdade, brigamos por causa de Cal. Ela queria ficar com ele, mas ele queria ficar comigo. Agora ela, basicamente, me odeia.

Ela ficou em silêncio por um instante, e Mary K. encarava o chão.

— É uma pena — constatou, enfim. — É triste quando amigas brigam por causa de garotos — riu, de forma leve e reconfortante. — Normalmente eles não valem a pena.

Assenti, sentindo um caroço se formar em minha garganta. Não queria mais falar sobre Bree; aquilo doía demais.

— Queria que pudesse ser diferente — confessei, e olhei para o relógio. — Enfim, estou atrasada, é melhor ir. Obrigada, Mary K. — falei, com a voz pesarosa.

Beijei o ar ao lado da bochecha de minha mãe, e em segundos estava no andar de baixo, saindo pela porta; vestindo meu casaco e tremendo de frio. Em pouco tempo, porém, a tristeza que sentia com relação a Bree começou a se dissipar, e senti uma pontada de excitação: aquela era uma noite de círculo.

Jenna morava não muito longe de mim, em uma casa pequena, de estilo vitoriano; charmosamente acabada, com um jardim de grama alta. A pintura era gasta, e uma das janelas pendia da dobradiça.

Assim que subi os degraus da varanda, um gato veio me cumprimentar, miando e esfregando a cabeça em minhas pernas.

— O que está fazendo aqui fora? — sussurrei, enquanto tocava a campainha.

Jenna abriu a porta imediatamente, com suas bochechas avermelhadas, o cabelo louro preso em um rabo-de-cavalo e um largo sorriso no rosto.

— Oi, Morgana! — cumprimentou, então baixou o olhar para o gato, que se esgueirava porta adentro. — Hugo, avisei que estava um frio congelante aqui fora!

Chamei e você me ignorou! Agora suas patinhas estão geladas.

Dei uma risada e olhei em volta para ver quem já estava lá. Cal ainda não havia chegado. É claro, eu já sabia disso; não vira seu carro do lado de fora, nem sentira sua presença. Robbie examinava o aparelho de som de Jenna, que tinha uma vitrola de verdade. Uma pilha de velhos discos de vinil erguia-se perigosamente ao lado da lareira.

— Oi — cumprimentou.

— Olá — respondi.

Era impressionante que esta fosse a casa de Jenna. Ela era, de longe, uma das garotas mais populares do colégio, sempre atenta à última moda, como Mary K; mas sua casa parecia um portal para os anos 1970. Os móveis eram confortavelmente bagunçados, e havia plantas penduradas diante de cada janela, algumas precisando ser regadas. Parecia haver poeira e pelos de gato por toda a parte. E pelos de cachorro, corrigi-me, vendo dois bassês roncando em uma caminha no canto da sala de jantar. Não era à toa que Jenna era asmática, peguei-me pensando. Ela precisaria viver em uma bolha de plástico para respirar um pouco de ar puro nesta casa.

— Quer cidra? — ofereceu Jenna, passando-me uma taça.

Estava quente e carregava um aroma delicioso de especiarias. Tomei um gole, e a campainha soou novamente.

— Oi! — Era Sharon Goodfine. Ela se desvencilhou da pesada jaqueta de couro que vestia, e a pendurou no balaústre da escada. — Hugo! Nem pense nisso! — exclamou, quando o gato se esticou para apalpar a jaqueta com suas grandes patas brancas. Obviamente, ela já estivera aqui antes.

Ethan Sharp chegou logo depois de Sharon, parecendo pouco agasalhado em sua leve jaqueta militar. Sharon lhe passou uma taça de cidra.

— Aparentemente você não possui o gene responsável por saber se vestir de acordo com o tempo — provocou.

Ethan sorriu para ela, parecendo levemente chapado. Contudo, eu sabia que ele havia parado de fumar maconha. Jenna devolveu o sorriso, e tive que me esforçar para não revirar os olhos. Quando perceberiam que estão afim um do outro? No momento, eles apenas ficavam se alfinetando, como duas crianças.

Cal foi o próximo a chegar, e senti o peito ficar mais leve quando o vi entrando por aquela porta. Ainda estava chateada com o ocorrido envolvendo Hunter na Mágicka Prática; mal trocáramos meia dúzia de palavras no caminho para casa. Porém, vê-lo agora me fazia sentir melhor, e, quando nossos olhos se encontraram, pude perceber que ele sentiu minha falta durante aquelas horas em que ficamos separados.

— Morgana, posso falar com você por um minuto? — perguntou ele, hesitante, ficando parado ao lado da porta. Não precisava adicionar a expressão "a sós"; eu podia lê-la em seu olhar.

Concordei com a cabeça, surpresa, e fui até ele.

— O que houve? — indaguei.

Virando-se de costas para a sala de estar, Cal sacou uma pequena pedra do bolso. Era polida, arredondada e cinza; mais ou menos do tamanho de uma bola de pingue-pongue. Trazia uma runa inscrita em tinta preta. Eu andava estudando runas, então a reconheci instantaneamente: era Peorth, a runa para revelar o que estava escondido.

— Encontrei isto preso na suspensão do carro — sussurrou, e me sobressaltei, erguendo os olhos até ele repentinamente.

— Hunter colocou...? — Não terminei a frase, e Cal simplesmente assentiu. — O que isso significa? — perguntei.

— Que ele está jogando sujo para nos espionar — disse baixinho, enfiando a pedra de novo em seu bolso. — Não é nada com o que se preocupar, porém. Inclusive, isso mostra que ele não é muito poderoso.

— Mas...

— Não se preocupe — garantiu, lançando-me um sorriso reconfortante. — Quer saber, nem sei por quê quis lhe mostrar isso. Não é nada demais, de verdade.

Cal foi até a sala de estar cumprimentar os outros, e eu fiquei o observando. Ele não estava sendo totalmente honesto comigo; era algo que poderia perceber mesmo sem meus super-aguçados sentidos de bruxa. O truquezinho de Hunter o preocupara sim, em algum nível.

O que Hunter estaria tramando? O que ele queria conosco?

Já eram nove horas, o horário em que costumamos começar as atividades. Bebemos cidra, e Robbie tocou algumas músicas. Tentei me esquecer da pedra. Ver os animais de estimação de Jenna me acalmava: os cães roncavam e se contorciam em seu sono, e os gatos se esfregavam em nossas pernas, exigindo atenção. Percebi que o único de nós que não estava presente era Matt, o namorado de Jenna. Ela constantemente olhava para o grande relógio de pêndulo na parede da sala. Com o passar dos minutos, foi ficando mais tensa.

Seus pais apareceram e nos cumprimentaram, parecendo não se importar nem um pouco com o fato de que estávamos ali para fazer um círculo Wicca. Deve ser legal não ter que se preocupar com pais irritados, pensei. Eles foram para o andar de cima para assistir à TV e desejaram que nos divertíssemos.

— Bem, vou começar a preparar os círculos — avisou Cal, por fim, abrindo sua bolsa e sentando-se no chão. — Vamos dar a Matt mais dez minutos.

— Ele não costuma se atrasar — murmurou Jenna. — Liguei para o celular dele, mas caiu direto na caixa postal.

De repente, lembrei-me de ter visto o carro de Matt estacionado ao lado do de Raven. Fora naquela mesma manhã? Havia sido um dia comprido. Abafei um bocejo enquanto sentava-me no sofá verde de aparência gasta, assistindo Cal trabalhar.

— O quê está fazendo? — perguntei.

Normalmente, desenhava um único e perfeito círculo com sal. Quando entrávamos no círculo, ele o fechava e o purificava com terra, ar, fogo e água. Mas o círculo desta noite era diferente.

— Este é mais complicado — explicou Cal.

Lentamente, os outros foram se aproximando para observá-lo. Cal desenhou círculos dentro de círculos, deixando uma abertura em cada um deles. Haviam três circunferências geometricamente perfeitas, e o maior tomava cada centímetro de espaço disponível na sala de Jenna.

Nos quatro pontos cardeais dos círculos, Cal desenhou uma runa com giz, repetindo as formas no ar. Mann, a runa para comunhão e codependência; Daeg, simbolizando o amanhecer, despertar, clareza; Ur, para força; e Tyr, significando vitória em batalha. Cal pronunciou cada uma delas enquanto as desenhava, mas não deu qualquer explicação. Antes que pudéssemos perguntar, a porta da frente abriu de supetão, e Matt surgiu, com uma aparência desgrenhada e bagunçada que não lhe era característica.

— Oi, pessoal. Desculpem o atraso. Tive problemas com o carro.

Ele manteve a cabeça baixa, evitando contato visual com os outros. Jenna o observou com preocupação, que rapidamente se transformou em confusão quando ele tirou o casaco e foi assistir Cal. Por um momento, ela hesitou, então foi até Matt e pegou sua mão. Ele lhe deu um breve sorriso mas, fora isso, a ignorou.

— OK, venham todos para dentro dos círculos, e eu os fecho — instruiu Cal.

Obedecemos. Fiquei entre Matt e Sharon. Sempre evitava ficar ao lado de Cal nos círculos; sabia, por experiência, que aquilo seria intenso demais para que eu pudesse controlar. Com Sharon e Matt, estava segura.

— Esta noite, trabalharemos nossos objetivos pessoais — continuou, ficando de pé.

Cal passou a Ethan uma pequena tigela de sal e pediu a ele que purificasse o círculo. Em seguida, pediu a Jenna para acender o incenso, simbolizando o ar, e a Sharon que levasse à testa de cada um de nós uma gota d'água de um recipiente similar. A lareira estava acesa, e, naturalmente, a usamos para representar o fogo. Meu cansaço começou a se dissipar ao ver todos unidos ali com o mesmo propósito. Aquele círculo me parecia, de certa forma, especial; mais importante, mais focado.

— Durante os exercícios de respiração — prosseguiu Cal —, quero que cada um de vocês se concentre em seus objetivos pessoais. Pensem no que querem conseguir da Wicca, e no que podem oferecer em troca. Tentem manter o foco em algo o mais simples e puro quanto for possível. "Quero um carro novo" não é simples e puro.

Todos rimos.

— Algo mais na linha de "quero ser mais paciente", ou mais honesto, ou mais corajoso. Pensem no que isso significa para você, e como a Wicca pode lhe ajudar a alcançá-lo. Alguma pergunta?

Balancei a cabeça em negativa. Haviam muitas coisas sobre mim mesma que queria aprimorar. Imaginei-me como uma pessoa sorridente e confiante, aberta e honesta e caridosa; uma garota-propaganda da Wicca. Livre de raiva, inveja e ganância. Suspirei. Sim, claro. Alcançar isso tudo era um projeto bastante ambicioso. Talvez até demais.

— Vamos todos dar as mãos e começar os exercícios de respiração — instruiu Cal.

Estiquei as mãos na direção de meus vizinhos; a de Matt ainda estava gelada do clima lá fora, e as pulseiras de Sharon tilintavam contra meu pulso. Comecei a respirar lenta e profundamente, tentando deixar toda a tensão e a negatividade daquele dia escoarem do meu corpo, tentando atrair toda a energia positiva que conseguisse. Conscientemente, relaxei cada músculo do corpo, começando pelo topo da minha cabeça e trabalhando de cima para baixo. Em alguns minutos, sentia-me calma e focada; em um estado meditativo que me permitia estar apenas parcialmente ciente do ambiente ao meu redor. A sensação era boa.

— Agora, pensem sobre seus objetivos — reverberou a voz de Cal, flutuando como se viesse de toda parte.

Espontaneamente, começamos a nos mover em um círculo; primeiramente, devagar, e cada vez mais rápida e continuamente. Abri os olhos e vi que a sala de Jenna tornara-se uma série de manchas escuras, um feroz borrão, conforme girávamos sem parar. A lareira marcava quantas voltas dávamos, e concentrei-me no fogo, sentindo seu calor, luz e poder.

— Quero ser mais aberta — sussurrou Sharon, soando como uma brisa.

— Quero ser feliz — disse Ethan.

Houve um momento de silêncio enquanto eu pensava no que eu queria, então Jenna falou:

— Quero ser mais amável.

Senti a mão de Matt apertar a minha por um instante, então ele disse:

— Quero ser mais honesto. — As palavras soaram relutantes e dolorosas.

— Quero ser forte — murmurou Cal.

— Quero ser uma pessoa boa — pediu Robbie, então pensei "mas você é"!

Fiquei por último, e podia sentir os segundos correndo. Ainda não sabia no que precisava trabalhar mais. Ainda assim, as palavras pareceram explodir da minha boca, como se estivessem seguindo a própria vontade. Elas pairaram no ar, como fumaça em um pântano:

— Quero entender meu poder.

Assim que falei aquilo, uma corrente de ar varreu o círculo, tal qual o vento no estalar de um chicote. Era eletrizante: encheu-me de energia, de tal forma que senti como se pudesse voar, ou dançar sem tocar o chão.

Me veio aos lábios um cântico que não me lembrava de já ter ouvido ou lido em lugar algum. Não fazia ideia do que significava, mas deixei que fluísse dentro de mim, assim como meu desejo fluíra a partir de mim.

"An di allaigh an di aigh
An di allaigh an di ne ullah
An di ullah be nith rah
Cair di na ulla nith rah
Cair feal ti theo nith rah
An di allaigh an di aigh"

Cantei sozinha, muito suavemente, a princípio; então mais alto, ouvindo minha voz tecer um lindo padrão no ar. As palavras tinham uma sonoridade gaélica e antiga. Alguém estava falando através de mim. Perdi o controle sobre mim mesma, mas não estava assustada. Estava maravilhada. Levantei meus braços para o céu e comecei a girar em meu próprio eixo, em meio ao nosso círculo. Juntos, o coven girava em órbita; eles eram planetas em torno de uma estrela luminosa. E a estrela era eu. Uma chuva prateada caía sobre minha cabeça, tornando-me uma deusa. Meu cabelo se desemaranhou de sua trança cuidadosa e serpenteou em um nicho, reluzindo à luz da lareira. Eu era onipotente, onisciente, onipresente; de fato, uma deusa. Ocorreu-me que aquelas palavras deveriam ser um feitiço, algo bastante antigo, que conjurava poder.

Ele havia canalizado o poder em mim àquela noite.

— Vamos diminuir o ritmo.

A voz era de Cal. Mais uma vez, suas palavras pareciam vir, ao mesmo tempo, de toda parte e de lugar algum. Em resposta a seu comando, desacelerei meu giro e me deixei chegar ao repouso. Eu era antiga como o próprio tempo; era toda mulher que já dançara pela mágicka sob a lua, toda deusa que já celebrara a vida e a morte e a alegria e a tristeza que se intercalavam.

O rosto de Hunter Niall apareceu subitamente em minha mente, com o riso pretensioso de superioridade. "Olhe para mim, Hunter!", queria gritar. "Veja meu poder! Sou mais poderosa do que você, ou do que qualquer bruxa!"

Então, de uma vez só e sem aviso, senti-me apavorada, perdendo a sensação de controle. Sem que Cal comandasse, imediatamente me deitei de bruços no chão de taco da casa de Jenna, com as mãos espalmadas ao lado dos ombros, para aterrar minha energia. A madeira era quente e macia sob meu rosto, e a energia fluía sobre mim e ao meu redor como água.

Lentamente, bem devagar, minha respiração voltou ao normal. O medo vacilou, enfraquecendo. Percebi que alguém segurava minha mão direita.

Pisquei os olhos e os voltei para cima. Era Jenna.

— Por favor — suplicou, colocando minha mão sobre seu esterno.

Sabia que Jenna queria que eu a ajudasse. Uma semana atrás, eu depositara energia nela e aliviara sua asma. Porém, não achava que me restava poder algum agora para realizar qualquer coisa. Ainda assim, fechei os olhos e concentrei-me na luz... quente e curativa. Concentrei-a em mim e a lancei pelo meu braço, através da mão e até os pulmões contorcidos de Jenna, que respirou profundamente, soltando uma suave exclamação em resposta ao calor.

— Obrigada — murmurou.

Agora, estava deitada de lado. Subitamente, percebi que todos me encaravam. Mais uma vez, era o centro das atenções. Envergonhada, trouxe a mão até mim, tentando entender por que era tão natural dançar sozinha na frente de todo mundo um minuto atrás, enquanto agora me sentia tímida e acanhada. Por que não conseguia me agarrar a essa sensação maravilhosa de poder?

Matt colocou as mãos sobre os ombros de Jenna, a maior expressão de atenção que tivera com relação a ela desde que chegara. Ele arfava um pouco por causa do esforço da dança.

— Morgana ajudou você a respirar? — perguntou ele.

Jenna concordou com a cabeça, abrindo um sorriso sublime.

Cal ajoelhou-se ao meu lado, tocando-me no quadril.

— Está tudo bem? — Ele soava empolgado e sem ar.

— Er... sim — respondi, baixinho.

— De onde veio aquele cântico? — indagou, gentilmente tirando o cabelo de cima do meu ombro com a mão. — O que ele fez?

— Não sei de onde veio, mas pareceu canalizar poder para mim.

— Era muito lindo — disse Jenna.

— Bastante bruxo — constatou Sharon.

— Foi muito maneiro — concluiu Ethan.

Olhei para Robbie, e ele calmamente devolveu-me o olhar, com uma expressão cálida de satisfação no rosto. Sorri para ele, e, naquele momento, eu estava perfeitamente feliz; mas o clima foi de súbito quebrado pela sensação de unhas penetrando minha panturrilha.

— Ai! — resmunguei.

Erguendo-me, virei o rosto e vislumbrei a cabeça triangular e felpuda de um pequeno filhote cinzento de gato.

Ele cumprimentou-me com um miado, e eu ri; Jenna abriu um sorriso.

— Ai, desculpe. Uma das nossas gatas deu cria há dois meses. Estamos tentando nos livrar deles. Alguém quer um gato? — brincou.

Peguei-o no colo, e ele olhou intensamente para mim, com um mundo de conhecimento felino perdido nos olhos azuis de bebê. Ele tinha o pelo curto e de um cinza maciço, com uma protuberante barriguinha de filhote e uma cauda pequena e espetada que pairava no ar, como um ponto de exclamação. Ele miou novamente no meu rosto e esticou uma patinha em direção à minha bochecha.

— Olá — falei, lembrando-me do gatinho de Maeve mencionado em seu Livro das Sombras. Seu nome era Dagda. Maravilhada, fitei o gato de Jenna, tendo a repentina percepção de que ele estava destinado a mim; que esta era a forma perfeita de encerrar aquela noite.

— Oi — repeti, baixinho. — Seu nome é Dagda, e você vai para casa morar comigo, tudo bem?

Ele miou mais uma vez, e eu me apaixonei.

6

Comunhão

Imbolc, 1993

Há um Perseguidor aqui. Ele chegou há dois dias e ocupou um quarto no andar de cima do pub de Goose Lane. Conversou por um bom tempo com tio Beck, ontem. Meu tio disse que ele falará com todos, e que precisamos ser sinceros. Mas eu não gosto daquele homem. Sua pele é branca, e ele não sorri; e, quando olha para mim, seus olhos parecem dois buracos negros. Me faz sentir um frio congelante.

— Giomanach

— Um rato! — guinchou Mary K. na manhã seguinte, grudada ao meu rosto. Aquela não era a forma mais legal de ser acordada. — Ai meu Deus, Morgana, tem um rato aí! Não se mexa!

É claro que, a essa altura, eu já estava me debatendo na cama, e o pequeno Dagda também o fazia. Ele colou em mim, com as orelhas para trás e o corpo agachado, mas reuniu coragem suficiente para dar uma boa rosnada para Mary K. Abracei-o maternalmente com a mão.

Meus pais entraram correndo no quarto, ambos de olhos arregalados.

— Não é um rato — expliquei, com a voz ainda rouca de sono.

— Não? — perguntou meu pai, enquanto eu me sentava.

— É um gatinho — constatei o óbvio. — A gata de Jenna deu cria, e eles estavam tentando se livrar dos filhotes, então peguei um deles. Posso ficar com ele? Eu pago pela comida, areia e tudo mais — completei.

Dagda ergueu-se sobre suas patinhas minúsculas e observou minha família com curiosidade. Então, como se quisesse provar o quão fofo era, abriu a boca e soltou um miado. Todos se derreteram na mesma hora, e tive que conter um sorriso.

Mary K. sentou-se na cama e estendeu gentilmente a mão. Dagda atravessou o cobertor com cuidado e lambeu o dedo de minha irmã, que soltou uma risadinha.

— Ele é muito fofo — apontou minha mãe. — Qual a idade dele?

— Oito semanas — falei. — Já na idade de largar a mãe. Então, posso ficar com ele? — insisti, e meus pais trocaram olhares.

— Morgana, gatos geram mais custos do que só comida e areia — explicou meu pai. — Vai precisar tomar vacinas, ir ao veterinário...

— Precisaremos castrá-lo — pontuou minha mãe, e eu abri um sorrisinho.

— Ainda bem que temos uma veterinária na família — arrisquei, referindo-me à namorada de tia Eileen. — Além do mais, economizei dinheiro do trabalho durante o verão. Posso cobrir esses custos.

Ambos deram de ombros, então sorriram.

— Acho que tudo bem, então — concluiu minha mãe.
— Talvez depois da igreja possamos dar um pulo no mercado para comprar as coisas de que precisa.

— Ele está com fome — anunciou Mary K., segurando-o junto ao peito e levantando-se de repente para caminhar rapidamente em direção à porta, ninando-o como a um bebê. — Sobrou frango de ontem à noite, darei um pouco a ele.

— Não dê leite — avisei. — Fará mal para o estômago...

Recostei-me ao travesseiro, sentindo-me feliz. Dagda era, oficialmente, um membro da família.

Era o penúltimo domingo antes do Dia de Ação de Graças, e, por isso, a igreja já estava decorada com folhas secas, galhos de piracanta cheios de frutos vermelhos, pinhões e potes repletos de crisântemos cor de ferrugem. A atmosfera era linda, quente e convidativa. Decidi que seria legal fazer uma decoração natural, como aquela em nossa casa para a ocasião.

De alguma forma, talvez por ainda não ter certeza de como frequentar a igreja se encaixava com minhas práticas Wicca, sentia-me estranhamente desconectada de tudo o que acontecia ao meu redor. Fiquei em pé quando deveria, e ajoelhei-me no momento certo; até mesmo acompanhei as preces e cantei os hinos. Mas o fiz sem me sentir parte da congregação. Meus pensamentos vagavam livremente, sem qualquer restrição.

O sol, fraco e invernal, abriu caminho por entre as nuvens. A neve de ontem havia derretido quase por completo, e os vitrais da igreja avivaram-se em vermelhos flamejantes, azuis profundos, verdes pueris e amarelos cristalinos. Havia um suave aroma de incenso, e, conforme me afundava mais profundamente em mim mesma, pude sentir o peso das pessoas ao meu redor. Seus pensamentos começaram a me invadir, e sentia seus corações batendo incessantemente. Respirei fundo e cerrei os olhos, fechando-me àquelas presenças.

Apenas quando consegui proteger meus sentidos delas, abri os olhos novamente, sentindo-me em paz e cheia de alegria. A música era encantadora, com as palavras eclesiásticas dançando pelo ar. Tudo aquilo parecia atemporal, emanando tradição. Não tinha o cascalho, o solo e o sal da Wicca, nem o aterramento de energia ou a prática de feitiços. Mas era lindo, em sua própria forma.

Ergui-me automaticamente no momento da eucaristia, seguindo minha família pelo corredor em direção ao altar. As velas compridas emanavam uma luz intensa, que refletia nas molduras de cobre e na madeira escura e polida. Ajoelhei-me sobre o travesseiro tricotado e franzino, que fora bordado pelo grêmio das mulheres. Minha mãe fizera um destes travesseiros há alguns anos.

Com as mãos atadas uma a outra, aguardei para que o padre Hotchkiss dissesse a benção do vinho para cada uma das pessoas naquela fileira. Sentia-me em paz. Já começava a ficar ansiosa por ir para casa ver Dagda, ler o Livro das Sombras de Maeve e pesquisar um pouco sobre runas. Na noite passada, quando Cal as traçou no ar sobre nosso círculo, aquilo parecera canalizar nossa energia de uma forma totalmente diferente. Eu gostava de runas, e queria aprender mais sobre elas.

Ao meu lado, Mary K. tomou um gole do vinho, e pude sentir uma lufada do aroma frutado. Em alguns instantes, seria minha vez. Padre Hotchkiss parou à minha frente, limpando a borda do grande cálice de prata com um pedaço de linho.

— Este é o sangue de Cristo, nosso Senhor — murmurou. — Beba-o em nome de Jesus, e sua alma será salva.

Inclinei a cabeça na intenção de beber do cálice.

Com um tropeço inesperado, padre Hotchkiss cambaleou em minha direção. O cálice escorregou de suas mãos e foi de encontro ao chão de mármore branco com um estridente ruído metálico. Padre Hotchkiss apoiou-se ao corrimão de madeira que nos separava, e peguei em sua mão, buscando seu rosto com o olhar.

— Está tudo bem, padre? — perguntei, e ele assentiu.

— Perdão, querida, acabei escorregando. Sujei você?

— Não, não.

Olhei para baixo, e, sem dúvidas, meu vestido não tinha qualquer rastro de vinho. O diácono, Carlson, correu para pegar um novo cálice bento, e padre Hotchkiss saiu para ajudá-lo.

Mary K. estava esperando por mim, parecendo incerta. Permaneci ajoelhada, observando o vinho, de um vermelho-escuro, serpentear pelo mármore branco. O contraste das cores era hipnotizante.

— O que aconteceu — suspirou Mary K. — Você está bem?

Foi então que o pensamento me atingiu: e se eu tivesse feito padre Hotchkiss escorregar? Quase emiti um barulho de sobressalto, cobrindo a boca com a mão. E se, em meio a meus pensamentos Wicca, alguma força tivesse decidido que não era uma boa ideia que eu participasse da comunhão? Rapidamente me levantei, os olhos arregalados. Mary K. retornou ao banco em que nossos pais estavam sentados, e a segui.

Não, pensei. Aquilo era apenas uma coincidência. Não significava nada.

Mas, por dentro, uma voz de bruxo falou com doçura: "coincidências não existem, e tudo significa alguma coisa."

Então, *o quê* aquilo significava, exatamente? Que eu deveria parar de comungar? Parar de ir à igreja de vez? Encarei minha mãe, que sorriu para mim, alheia a toda a confusão que borbulhava dentro de mim; ainda bem.

Não conseguia imaginar cortar a Igreja completamente de minha vida. O Catolicismo era parte do que mantinha nossa família unida; era parte de *mim*. Mas, talvez, eu não devesse participar da eucaristia por enquanto, pelo menos até que compreendesse o que aquilo tudo significava. Eu poderia continuar vindo à igreja, continuar participando. Não?

Suspirei profundamente enquanto sentei-me ao lado de Mary K., que me encarou, sem dizer nada.

A cada porta que a Wicca abria, pensei, outra parecia se fechar. De alguma forma, eu precisava encontrar o equilíbrio.

Após o almoço no Widow's Diner, paramos no mercado. Comprei a caixa de areia e uma pá, além de um saco de ração para filhotes. Meus pais compraram alguns brinquedinhos, e Mary K. pegou uns petiscos para gatos.

Fiquei muito feliz com o gesto, e os abracei bem ali, no corredor de artigos para animais de estimação.

É claro que, quando chegamos em casa, descobrimos que Dagda havia feito xixi no meu cobertor. Ele também comera um pedaço da samambaia de minha mãe e, como resultado, vomitara no tapete. Depois, aparentemente, se pôs em transe afiando suas unhas minúsculas, mas incrivelmente funcionais, no braço da cadeira favorita do meu pai.

Agora estava dormindo sobre um travesseiro, enrolado como um peludo caracolzinho.

— Meu Deus, ele é *tão fofo!* — constatei, balançando a cabeça.

7

Símbolos

Precisei fazer um feitiço de proteção esta noite. Invoquei a Deusa e tracei runas nos quatro pontos cardeais: Ur, Sigel, Eolh e Tyr. Cravei pregos de ferro nos quatro cantos, enquanto usava um anel de ouro. E, de agora em diante, terei um pedaço de malaquita sempre comigo, para me proteger.

Tem um Perseguidor por aqui.

Mas não tenho medo. O primeiro golpe já foi dado, e o Perseguidor enfraqueceu-se com ele. E, conforme ele perde força, meu amor cresce mais e mais.

— Sgàth

Na segunda-feira, Mary K. e eu nos atrasamos para a escola. Eu havia ficado acordada até tarde lendo o LDS de Maeve, e minha irmã passara a noite tendo uma conversa sincera e tortuosa com Bakker; então ambas perdemos o horário. Fomos até a secretaria e pegamos nossas advertências de atraso: *A letra escarlate* do ensino público de Nova York.

Os corredores estavam vazios quando nos separamos para ir aos respectivos armários e salas de aula. Minha mente ainda nadava no que havia lido na noite anterior. Maeve amava o lado da Wicca que lidava com ervas. Seu LDS era repleto de grandes passagens sobre o uso mágicko de plantas; e sobre como elas eram afetadas pela época do ano, a quantidade de chuva recente, a posição das estrelas e as fases da lua. Perguntei-me se seríamos descendentes do clã de Brightendale, que cultivava a terra para extrair seus poderes curativos.

Na sala de aula, deslizei sobre minha carteira. Por força do hábito, lancei um olhar na direção de Bree, mas ela me ignorou, e me irritei por aquilo ainda me deixar triste. Esqueça ela, pensei. Certa vez, li em algum lugar que a recuperação do fim de um relacionamento levava cerca de metade da duração deste. Então no caso de Bree, eu ainda estaria chateada com ela por bons seis anos. Ótimo.

Pensei em Dagda, e em como Bree iria amá-lo: era louca por seu gato Smokey e ficou arrasada quando ele morreu, dois dias antes de seu aniversário de 14 anos. Ajudei-a a enterrá-lo no quintal de sua casa.

— Oi. Dormiu tarde? — cumprimentou minha amiga Tamara Pritchett, da mesa ao lado. Tinha a sensação de que mal nos víamos hoje em dia, com a Wicca tomando tanto de meu tempo.

Assenti e comecei a organizar meus livros e cadernos para as aulas daquele período.

— Bem, perdeu a novidade — prosseguiu Tamara, chamando minha atenção. — Ben e Janice estão oficialmente namorando.

— Sério? Que legal! — falei, lançando um olhar na direção dos pombinhos em questão.

Estavam sentados juntos, falando baixinho e sorrindo um para o outro. Fiquei feliz por eles, mas também me senti excluída; eram outros amigos que mal vira nas últimas semanas.

Meus sentidos formigaram, e me virei na direção de Bree, encontrando seus olhos escuros. Eu me assustei com a expressão intensa que carregava, então ambas piscamos e o momento acabou. Ela se virou, e fiquei na dúvida se havia sido apenas minha imaginação. Aquilo me perturbou. Cal dissera que não havia um lado negro na Wicca. Mas não seriam os dois lados de um círculo opostos um ao outro? E, se um lado era bom, o que seria o outro? Eu havia desgostado de Sky assim que a conheci. O que Bree estaria fazendo com ela?

O sinal do primeiro tempo soou, e me senti amarga, como se não devesse estar ali; e tive inveja de Dagda, em casa, tocando o mais puro terror felino.

Durante a aula de literatura americana, começou a garoar lá fora; um fluxo constante e deprimente que se esforçava para se tornar granizo, mas não conseguia. Minhas pálpebras pesaram. Ainda não tivera tempo de tomar sequer uma Coca Diet. Imaginava minha cama, e, só por um momento, considerei buscar Cal e matar aula, só para levá-lo para casa e ficar sozinha com ele. Poderíamos ficar na cama, lendo o LDS de Maeve e falando sobre mágicka...

Uma grande tentação. Na hora do almoço, já me sentia realmente dividida, embora nunca houvesse faltado aula. Saber que minha mãe aparecia em casa de vez em quando no meio do dia fora a única coisa que me impediu de dar aquela ideia a Cal quando nos vimos.

— Comprou seu almoço? — perguntou ele, encarando minha bandeja quando a coloquei sobre a mesa. Então nossos olhares se encontraram. Tão nítidas quanto a chuva, ouvi as palavras *senti sua falta esta manhã* em minha mente.

Sorri e assenti com a cabeça, sentando-me em frente a ele e ao lado de Sharon.

— Perdi a hora e acabei não tendo tempo de preparar nada em casa.

— Oi, Morgana — interrompeu Jenna, ajeitando os cabelos cor de trigo. — Sabe no que estava pensando? Aquelas palavras que você falou na noite do círculo. Eram tão incríveis. Ainda não consegui tirá-las da cabeça.

— É... é engraçado. Não sei de onde aquilo saiu — admiti, dando de ombros e abrindo um refrigerante. — Também não tive tempo de pesquisar sobre elas. Na hora, achei que pareciam ser um feitiço, canalizando poder para mim. Mas não sei. Elas soavam muito antigas.

— Foi meio assustador, para falar a verdade — murmurou Sharon, com um sorriso hesitante. Ela abriu seu pote de sopa e pegou um pedaço de pão crocante. — Quero dizer, foi lindo, mas é esquisito que palavras que você nem conhece saiam de sua boca assim.

— Você reconhece essas palavras? — perguntei, olhando para Cal, que balançou a cabeça em negativa.

— Não. Mas, depois, pensei sobre isso e tive a impressão de já tê-las ouvido antes. Queria ter gravado nosso círculo. Poderia mostrar para minha mãe e ver se ela sabia o que eram.

— Que legal, você está falando em línguas — brincou Ethan. — Como aquela garota do filme *O exorcista.*

— Que ótimo — ironizei, franzindo o lábio, e Robbie deu uma gargalhada.

Cal olhou para mim, impressionado.

— Quer um pouco? — ofereceu, estendendo um pedaço de maçã.

Sem pensar, dei uma mordida. Era exasperantemente deliciosa. Olhei para ele: era apenas um pedaço de maçã. Mas era ácido e doce ao mesmo tempo, explodindo com suco.

— Essa maçã é *muito* boa — comentei, surpresa. — É perfeita. Uma super-maçã!

— Maçãs simbolizam muitas coisas — explicou ele. — Especialmente, a Deusa. Veja. — Cal sacou seu canivete e cortou a fruta novamente, mas desta vez na horizontal, em vez de fatiar de cima abaixo, então ergueu o novo pedaço. — Um pentáculo — apontou, mostrando o desenho que as sementes formavam. Era uma estrela de cinco pontas dentro do círculo da pele da maçã.

— Uau! — exclamei.

— Sensacional — disse Matt, e Jenna lançou-lhe um olhar, que não foi correspondido.

— Todas as coisas têm algum significado — continuou Cal, com leveza, enquanto mordia um pedaço da maçã. Lancei um olhar afiado em sua direção, lembrando-me do que acontecera ontem na igreja.

Do outro lado do refeitório, vi Bree sentando-se com Raven, Lin Green, Chip Newton e Beth Nielson. Fiquei me perguntando se estava gostando de seu novo grupinho... Pessoas a quem já havia se referido como maconheiros e doidões. Seus amigos antigos — Nell Norton, Alessandra Spotford, Justin Bartlett e Suzanne Herbert — estavam em uma das mesas perto da janela. Eles deviam pensar que Bree enlouquecera.

— Fico me perguntando como terá sido o círculo do coven delas no sábado — divaguei. — Digo, o coven de Bree e Raven. Você sabe, Robbie? Tem falado com ela?

Robbie deu de ombros e terminou sua fatia de pizza.

— Correu bastante bem. — Matt se distraiu, então piscou os olhos e franziu a testa, como se não esperasse dizer nada; e Jenna virou-se para ele.

— Como você sabe? — indagou.

O rosto de Matt ficou um pouco corado, e ele deu de ombros, focando em seu almoço.

— É... eu falei com Raven na aula de inglês — respondeu ele, por fim. — Ela me disse que foi legal.

Jenna encarava Matt fixamente e começou a arrumar sua bandeja. Mais uma vez, lembrei-me de ter visto o carro de Matt e o de Raven no acostamento da estrada. Enquanto me perguntava o significado daquilo, ouvi a risada de Mary K. a algumas mesas de distância. Ela estava ao lado de Bakker, com suas amigas Jaycee, sua irmã mais velha, Brenda, e vários outros amigos. Mary K. e Bakker olhavam-se nos olhos, e aquilo me fez balançar a cabeça. Ele tinha reconquistado minha irmã. Mas era melhor que ele se cuidasse.

— O que você vai fazer esta tarde? — perguntou Cal depois da aula, no estacionamento.

A chuva estava quase parando, dando lugar a um vento gelado. Olhei para o relógio.

— Além de continuar esperando Mary K. aqui? Nada. Mas temos que preparar o jantar.

Robbie veio até nós, esgueirando-se por entre os carros parados.

— O que há com Matt? — perguntou. — Está agindo todo esquisito.

— Pois é, também percebi — concordei. — Quase como se quisesse terminar com Jenna, mas também não quisesse, ao mesmo tempo. Se é que isso faz sentido.

Cal sorriu.

— Não os conheço tão bem quanto vocês — admitiu ele, passando um braço sobre meus ombros. — Matt está agindo de forma diferente?

— Está — assentiu Robbie. — Não que sejamos melhores amigos nem nada, mas ele me parece esquisito. Normalmente, ele é muito direto, fala tudo na cara. — Ele gesticulou com a mão em frente ao rosto.

— É verdade — concordei. — Agora, parece que tem algo a mais acontecendo.

Eu queria mencionar o lance dos carros de Matt e Raven, mas não queria parecer fofoqueira. Nem sabia se aquilo significava alguma coisa. Subitamente desejei que Bree e eu ainda fôssemos amigas. Ela daria a devida importância a isso.

— Morgana — chamou Jaycee. — Mary K. me pediu para avisar que ia pegar uma carona com Bakker. — Ela acenou e se retirou, agitando seu rabo-de-cavalo louro.

— Merda! — xinguei, desvencilhando-me de Cal. — Tenho que ir para casa.

— O que houve? Quer que eu vá com você? — perguntou Cal.

— Adoraria — confessei, agradecida. Seria bom ter um aliado para o caso de Bakker precisar ser expulso de casa novamente.

— Até mais, Robbie — falei, correndo em direção ao meu carro.

Caramba, Mary K., pensei. O quão imbecil você pode ser?

8

Mùirn Beatha Dàn

Ostara, 1993

Tia Shelagh me disse que já vira uma pessoa sob a punição do braigh quando era criança, quando visitou sua avó na Escócia. Uma bruxa local estivera vendendo poções, encantamentos e feitiços para fazer o mal. Quando tia Shelagh estava lá, para passar o verão, o Perseguidor chegou.

Ela me contou que acordou no meio da noite ao som de gritos e uivos. A vila inteira parou para ver o Perseguidor levar embora a feiticeira. Shelagh vira a luz da Lua refletir no braigh de prata em torno do pulso dela, e reparara em como a pele da bruxa estava queimada em torno dele. O Perseguidor a levou embora, e ninguém nunca mais a viu, embora corressem rumores de que ela estaria vivendo nas ruas de Edimburgo.

Minha tia acha que aquela mulher nunca mais fora capaz de fazer mágicka novamente, boa ou ruim, então não sei por quanto tempo ela teria aguentado viver daquela maneira. Mas Shelagh também disse que a simples visão daquela feiticeira sob a punição do braigh fora suficiente para que ela jurasse nunca usar seus poderes *para o mal. Aquilo foi horrível, disse. Terrível de se ver. Tia Shelagh me contou essa história no mês passado, quando o Perseguidor estava aqui. Mas ele não levou ninguém com ele, e nosso coven está calmo novamente.*

Estou feliz que ele tenha ido embora.

— Giomanach

Dirigi o mais rápido que pude na volta para casa, considerando que as ruas estavam quase completamente cobertas de gelo. A temperatura continuava caindo, e o ar estava miseravelmente gélido, com o tipo de qualidade congelante de ossos na qual Widow's Vale parecia se especializar.

— Achei que Mary K. tinha terminado com Bakker, depois do que aconteceu — ponderou Cal.

— Terminou mesmo — resmunguei. — Mas ele fica implorando para que ela o aceite de volta, que foi tudo um erro, que se arrepende e aquilo nunca vai se repetir e blá-blá-blá. — A raiva fazia minha voz tremer.

Meus pneus derraparam um pouco quando parei em frente à nossa casa. O carro de Bakker estava estacionado ali. Bati a porta do Das Boot e corri em direção à casa — apenas para encontrá-los abraçados no degrau da entrada, encolhidos, tremendo e praticamente azuis de frio.

— O que vocês estão fazendo? — perguntei, sentindo o alívio cair sobre mim como água.

— Eu queria esperar você — balbuciou Mary K.

Aplaudi internamente seu bom senso.

— Vamos, então — falei, abrindo a porta de casa. — Mas vocês ficam no andar de baixo.

— OK — murmurou Bakker, parecendo estar já parcialmente congelado. — Desde que esteja quente.

Cal começou a preparar um pouco de cidra quente para nós enquanto eu colocava sal na entrada de casa e na garagem externa, para que meus pais não tivessem muita dificuldade quando chegassem. Foi gostoso entrar de novo em casa, e eu aumentei o termostato do aquecedor. Depois, fui direto para a cozinha. Era minha vez de preparar o jantar. Lavei quatro batatas, espetei-as com um garfo e as coloquei no forno para que assassem.

— Ei, Morgana, podemos ir lá em cima só por um instante? — sugeriu Mary K., agarrando-se a sua caneca. Desde que conheci Cal, passei a beber muita cidra. Era incrivelmente acalentadora em dias frios. — Todos os meus CDs estão no meu quarto.

— Sinto muito — respondi, balançando a cabeça em negativa, e soprei minha bebida, no intuito de esfriá-la. — Vocês precisam ficar aqui embaixo, ou minha mãe vai me matar.

Mary K. suspirou. Ela e Bakker trouxeram suas coisas para a mesa da sala e começaram a fazer seus deveres de casa, como se em um surto de consciência. Ou, pelo menos, era o que fingiam estar fazendo.

Assim que minha irmã saiu da cozinha, tracei um círculo, deasil, sobre a caneca e sussurrei:

— Esfrie o fogo.

Quando dei o próximo gole, a temperatura estava perfeita. Abri um sorriso. Eu adorava ser bruxa! Cal também sorriu, então disse:

— E agora? Temos que ficar aqui embaixo também?

Deixei minha mente divagar tortuosamente na possibilidade de não praticar o que eu pregava, mas por fim, suspirei e admiti:

— Acho que sim. Minha mãe iria ficar louca se eu estivesse no meu quarto com um garoto malvado sem ela estar em casa. Quero dizer, afinal de contas, você provavelmente só tem uma coisa na cabeça...

— É. — Cal sorriu, erguendo a sobrancelha. — Mas é uma coisa muito boa, pode ter certeza.

Dagda apareceu na cozinha e soltou um miado.

— Oi, carinha — cantarolei, apoiando a caneca na bancada da cozinha e apanhando-o do chão. Dagda começou a ronronar alto, e seu corpo pequenino tremia.

— Ele pode ir pro seu quarto — apontou Cal —, e é um garoto.

Sorri.

— Meus pais não ligam se *ele* dormir comigo.

Cal soltou um grunhido bem humorado enquanto eu levava Dagda para a sala de estar e me sentava no sofá. Ele se sentou ao meu lado, e pude sentir o calor de sua perna tocando a minha. Lancei-lhe um sorriso, mas seu rosto ficou solene enquanto ele afagava meu cabelo e traçava a linha do meu queixo com os dedos.

— O que foi? — perguntei.

— Você me surpreende o tempo todo — confessou do nada.

— Como assim?

Eu estava acariciando a cabeça macia e triangular de Dagda, e ele ronronava e amassava meus joelhos com as patinhas.

— É que você é... diferente do que eu imaginava que seria — explicou, então apoiou o braço no encosto do sofá e se aproximou do meu rosto, analisando-me como se estivesse tentando memorizar meu rosto e olhos, com uma expressão muito séria.

Não sabia o que pensar.

— Como você esperava que eu fosse?

Podia sentir o cheiro de amaciante em sua camisa, e nos imaginei deitados no sofá, nos beijando. Poderíamos fazer isso; eu sabia que Mary K. e Bakker estavam na outra sala e não iam nos atrapalhar. Mas, de repente, senti-me insegura, lembrando-me de que, em quase dezessete anos de vida, ele era o primeiro garoto que me chamara para sair e que me beijara.

— Chata? — sugeri. — Meio sem graça?

Seus olhos se apertaram, e ele encostou um dedo suavemente em minha boca.

— Não, é claro que não — falou. — Mas você é tão forte, tão interessante... — Sua testa franziu por um momento, como se ele arrependido do que dissera. — Quero dizer, logo que a conheci, achei você interessante, bonita e tudo mais, e sabia logo de cara que tinha um dom para a arte. Quis me aproximar. Mas você se mostrou muito mais do que aquilo. Quanto mais a conheço, mais sinto que se parece comigo, que é uma parceira de verdade. Como falei, minha *mùir beatha dàn*. É um conceito forte. — Ele balançou a cabeça. — Nunca me senti assim antes.

Não sabia o que dizer. Olhei para seu rosto, e continuava impressionada com como ainda o achava bonito, ainda maravilhada pelos sentimentos que despertava em mim.

— Me beije! — Eu me flagrei sussurrando. Ele se aproximou e tocou meus lábios com os seus.

Após vários minutos, Dagda revirou-se impacientemente no meu colo, e Cal riu e balançou a cabeça, então se afastou de mim, como se decidisse exercer um comportamento mais disciplinado. Ele agachou e tirou de dentro da mochila um bloco de papel e uma caneta, passando-os para mim.

— Vamos lá, mostre-me umas runas — pediu ele.

Assenti. Não estaríamos nos beijando, mas era mágicka; quase tão bom quanto. Comecei a desenhar, de cabeça, as 24 runas. Havia outras, eu sabia, que datavam de épocas mais remotas, mas aquelas eram consideradas o básico.

— Feoh — recitei baixinho, desenhando uma linha vertical, com dois traços em diagonal subindo a partir dela. — Riqueza.

— O que mais significa? — Testou-me Cal.

— Prosperidade, crescimento, sucesso — pensei, em voz alta. — Coisas dando certo. E esta aqui é Eolh, para proteção. — Tracei um formato que parecia o logo da Mercedes-Benz de ponta-cabeça. — É muito positiva. Esta aqui é Geofu, que significa presente ou parceria; generosidade. Fortalecer amizades ou outros relacionamentos. A junção do Deus e da Deusa.

— Muito bom — elogiou Cal.

Prosseguí, até que tivesse desenhado todas, bem como um espaço em branco para Wyrd, a runa não escrita, que significava algo que era melhor não conhecer: perigo, ou um conhecimento pesaroso. Um caminho que não se deveria tomar. No conjunto de runas, era representada por um espaço em branco.

— Muito bem, Morgana — sussurrou. — Agora feche os olhos e pense sobre essas runas. Deixe seus dedos vagarem livremente pela página, e pare quando achar que deve. Veja em qual runa você parou.

Adorava esse tipo de coisa. Fechei os olhos e deixei meus dedos varrerem o papel. De início, não senti nada, mas então canalizei minha concentração, tentando bloquear tudo ao meu redor, exceto pelo que estava fazendo. Tirei de sintonia os murmúrios de Mary K. e Bakker vindo da sala de jantar, o tique-taque do relógio de cuco que meu pai montara, e o suave zumbido do aquecedor.

Não sei quanto tempo se passou até que eu percebesse que as pontas dos meus dedos estavam recebendo estímulos. Podia sentir plumas macias, uma pedra gelada, um cálido formigamento... Seriam estas as imagens das runas? Deixei-me mergulhar mais profundamente na mágicka, perdendo-me em seu poder. *Aqui.* Sim, havia um lugar que sentia mais intensamente. Cada vez que meus dedos passavam por ali, aquele lugar me atraía. Deixei a mão cair e repousar sobre o papel, então abri os olhos.

Meus dedos estavam sobre a runa chamada Yr. O símbolo da morte.

Franzi a testa.

— O que isso significa?

— Hum... — ponderou Cal, encarando o papel, com a mão no queixo. — Bem, como sabe, Yr pode ser interpretada de várias maneiras. Não significa que você ou alguém que conhece irá morrer. Pode simplesmente significar o fim de algo e o começo de uma coisa nova. Algo como uma grande mudança, não necessariamente ruim.

O formato de anzol duplo reluzia sombriamente contra o branco do papel. Morte. A importância do fim. Parecia um presságio. Um presságio aterrador. Uma onda de adrenalina me tomou, fazendo meu coração palpitar.

Na mesma hora, ouvi a porta dos fundos se abrir.

— Alô? — clamou a voz de minha mãe. — Morgana? Mary K.?

Pude ouvir passos na sala de jantar, e minha concentração se dissipou.

— Oi, meu bem — falou para Mary K., então fez uma pausa. — Olá, Bakker. Mary K., sua irmã está em casa? — perguntou, e eu sabia o que queria dizer: "Pelo amor de Deus, não está sozinha em casa com um garoto, está?"

— Estou aqui — avisei, guardando o papel com as runas dentro do bolso.

Cal e eu fomos até a sala de jantar. Os olhos de minha mãe voaram até nós, e no mesmo instante, pude enxergar os pensamentos em sua mente. *Minhas filhas, sozinhas em casa com dois garotos.* Mas estávamos todos na sala, vestidos, e ao menos Mary K. e Bakker estavam sentados à mesa de jantar. Pude perceber minha mãe conscientemente decidindo não se preocupar.

— Está fazendo batatas? — observou, apreciando o cheiro no ar.

— Estou.

— Acha que podemos fazer um purê? — perguntou. — Convidei Eileen e Paula para jantar. — Ela ergueu uma pasta. — Tenho uns prospectos de casa incríveis para mostrar a elas.

— Legal — concordei. — É, se fizermos um purê, vai render o suficiente. Estou fazendo hambúrgueres também, temos vários deles.

— Ótimo. Obrigada, querida — agradeceu, então foi ao andar de cima para trocar de roupa.

— É melhor eu ir. — Eu ouvi Bakker dizer, relutante. Que bom, pensei.

— Eu também — constatou Cal. — Bakker, pode me dar uma carona até a escola? Deixei o carro por lá.

— Tranquilo — assentiu.

Fui com Cal até o lado de fora, e nos abraçamos. Ele beijou meu pescoço e sussurrou:

— Ligo para você mais tarde. Não fique preocupada com o lance do Yr, foi só um exercício.

— OK — respondi, baixinho, embora ainda não tivesse certeza de como me sentia com relação àquilo. — Obrigada por vir comigo.

Tia Eileen foi a primeira a chegar.

— Olá — cumprimentou, tirando o casaco. — Paula ligou e avisou que está um pouco atrasada; algo relacionado a uma chihuahua tendo um trabalho de parto complicado.

Abri um sorriso desconcertado à porta de casa. Não a via desde que exigi saber porque não havia me contado que eu era adotada, em um jantar de família duas semanas atrás. Senti-me um pouco envergonhada de vê-la de novo, mas tinha certeza de que minha mãe andara conversando com ela, mantendo-a atualizada sobre tudo.

— Oi, tia Eileen — falei. — Eu, é... Sinto muito por ter dado um escândalo. Da última vez.

Como se em resposta, ela me puxou para um abraço apertado.

— Tudo bem, minha querida — sussurrou. — Eu entendo. Não a culpo nem um pouco por aquilo.

Nos afastamos e sorrimos uma para a outra por um momento. Sabia que tia Eileen faria tudo ficar bem novamente. Então, ela olhou para baixo e exasperou-se, apontando com urgência para a poltrona reclinável do meu pai. Um pequeno rabo cinza despontava debaixo dela.

Dei uma risada e fui buscar Dagda.

— Este é Dagda — apresentei, fazendo carinho atrás da orelha dele. — Ele é meu novo gatinho.

— Ai, meu Deus! — exclamou tia Eileen, afagando sua cabeça. — Perdão, achei que fosse um rato.

— Deveria saber diferenciá-los — brinquei, levando-o de volta à poltrona. — Você *namora* uma veterinária!

— Eu sei, eu sei — disse tia Eileen, rindo.

Logo depois, Paula chegou, com o cabelo cor de palha bagunçado pelo vento, e o nariz rosado de frio.

— Oi — cumprimentei. — A chihuahua ficou bem?

— Ficou, e ela agora é a orgulhosa mãe de dois filhotinhos — noticiou, dando-me um abraço. — Oh! Que gatinho lindo! — elogiou, ao ver Dagda sobre a poltrona.

Abri um sorriso. *Finalmente!* Alguém que reconhecia o tesouro que era Dagda. Sempre gostei da nova namorada de tia Eileen, mas agora percebia que eram um casal perfeito. Talvez Paula fosse até mesmo a *mùir beatha dàn* dela.

Aquele pensamento me fez sorrir. Todo mundo merece alguém. Nem todos tinham a mesma sorte que eu, é claro. Eu tinha Cal.

9

Confiança

A mágicka está funcionando, como sabia que aconteceria. O Perseguidor já não me assusta tanto. Acredito ser o mais forte entre nós dois, especialmente com o poder de outras pessoas do meu lado.

Logo, irei me unir ao meu amor. Entendo a urgência disso, mas preferiria que eles confiassem em mim para fazer do meu jeito, no meu tempo. Mais e mais, ultimamente, tenho vontade de fazer isso por mim mesmo. Mas precisa ser na hora certa. Não me arrisco a amedrontá-la; há coisas demais em jogo.

Tenho lido os textos antigos, os que falam sobre amor e união. Até mesmo anotei minha passagem preferida da Canção da Deusa: "Dar prazer a si mesmo e aos outros, esse é meu ritual. Celebre o corpo e o espírito com alegria e paixão, e ao fazê-lo, estarás adorando-me."

— Sgàth

* * *

— Espero que saiba que não pode confiar em Bakker — disse a Mary K. na manhã seguinte. Tentei não parecer mal humorada, mas soara assim de qualquer maneira.

Mary K. não respondeu, apenas ficou olhando pela janela do carro. A neve cobria tudo em um padrão rendado de glacê. Eu dirigia com cuidado, tentando evitar as manchas negras das poças congeladas que se formavam na estrada recém limpa. A respiração lançava uma névoa dentro do Das Boot.

— Sei que ele se arrepende muito do que fez — continuei, a despeito da expressão ausente de minha irmã. — E acredito que ele goste muito de você. Mas não confio no temperamento dele.

— Então não fique com ele — murmurou Mary K.

Um alarme soou em minha cabeça. Eu estava criticando Bakker, e ela o estava defendendo. Estava fazendo o que temia: instigando Mary K. a ficar do lado dele. Respirei fundo e pedi, silenciosamente, para que a Deusa me guiasse.

— Sabe — falei, por fim, a algumas quadras da escola —, você deve estar certa. Deve ter sido um incidente isolado. Mas vocês conversaram sobre isso, certo? — Não esperei por uma resposta. — E, se ele está *mesmo* arrependido, acho que aquilo não vai se repetir.

— Está *mesmo* — concordou. — Ele se sente péssimo. Não tinha a intenção de me machucar. E agora ele sabe que precisa me ouvir.

— Sei que se importa com você — concluí, assentindo.

— É verdade.

Mary K. parecia estar certa daquilo. Por dentro, meu coração palpitava; eu odiava aquilo. Talvez, tudo o que eu dissera fosse verdade. Mas não conseguia evitar o temor de que Bakker tentasse novamente forçar minha irmã a fazer algo que não queria.

Se o fizesse, eu faria ele pagar por isso.

Cheguei cedo à escola, na intenção de ver Cal antes do primeiro sinal. Ele estava esperando por mim perto da entrada leste do prédio, onde nosso coven costumava se encontrar quando o tempo estava mais ameno.

— Venha, achamos um novo lugar para ficar — chamou, após me cumprimentar com um beijo. — É mais quentinho.

Lá dentro, viramos em uma passagem logo após a escada do segundo andar. Ali havia outro lance de escadas que descia até o porão. A entrada era proibida, exceto aos faxineiros do colégio, mas Robbie, Ethan, Sharon e Jenna estavam sentados nos degraus, rindo e conversando.

— Morganita — cumprimentou Robbie, usando um apelido que me dera no quinto ano. Não ouvia aquele nome havia anos, o que me fez abrir um sorriso.

— Estávamos falando do seu aniversário — disse Jenna.

— Caramba! — exclamei, surpresa. — Como sabem disso?

— Contei a eles — explicou Robbie, e deu um gole em uma caixa de suco de laranja. — Falávamos de comemorações, e acabei engatando no assunto.

— E por falar em "engatar", como vai seu gato? — perguntou Jenna.

As compridas pernas de Matt, em seu jeans escuro, obscureceram minha visão por um momento, quando ele chegou e veio se sentar no degrau acima do de Jenna. Ela deu-lhe um sorriso fraco, mas não esboçou qualquer reação quando ele fez um carinho em seu ombro.

— Dagda está ótimo — falei, animada. — E está crescendo tão rápido!

— Então seu aniversário é esse fim de semana? — questionou Sharon.

— Domingo — esclareci.

— Vamos fazer um círculo especial de aniversário no sábado, então — sugeriu Jenna. — Com bolo e tudo mais.

— Boa ideia — elogiou Sharon.

— Hm, não posso esse sábado — balbuciou Matt, passando a mão pelos grossos cabelos pretos e olhando para baixo.

Todos voltamos nossos olhares para ele.

— Tenho umas coisas de família — completou, mas suas palavras soavam vazias.

Ele é o pior mentiroso do mundo, pensei, percebendo que Jenna o encarava.

— Na verdade, será que poderíamos fazer o lance do aniversário em outro dia? — perguntou Robbie. — Acho que talvez deva faltar ao círculo desse sábado também.

— Por quê? — indaguei.

— Bree tem me pressionado a ir em um dos círculos deles — admitiu, e sua honestidade me surpreendeu.

Não de uma forma ruim, apesar de sentir uma renovada onda de raiva por Bree. Robbie deu de ombros. — Não quero me juntar ao coven deles, mas não seria má ideia que eu fosse a um de seus círculos, visse o que estão fazendo, dar uma sondada.

— Tipo, espionar? — interpelou Jenna, sem qualquer julgamento em sua voz, enquanto Robbie balançava os ombros novamente, com o cabelo caindo sobre a testa.

— Estou curioso — explicou. — Gosto de Bree, e quero saber o que ela anda fazendo.

— Acho que é uma boa ideia — obriguei-me a assentir, engolindo em seco. Não podia acreditar que Bree tentaria roubar membros do nosso coven, mas por outro lado, fiquei feliz por Robbie querer ficar de olho nela para se assegurar de que não faria nenhuma loucura.

— Não sei — disse Cal, mexendo-se para esticar as pernas sobre os degraus. — A continuidade é uma parte muito importante da Wicca. Entrar em contato com o dia a dia da arte, o ciclo do ano, o girar da roda. Nos encontrarmos todo sábado, manter esse compromisso, é parte disso. Não é algo a que se deva faltar sempre que quiser.

Matt encarou o chão, mas Robbie voltou calmamente o olhar para Cal.

— Entendo o que diz — rebateu —, e concordo com você. Mas não é algo que quero fazer só por mim, e nem é por que estou com preguiça ou quero assistir a um jogo. Preciso saber o que está acontecendo com Bree e seu coven, e esta é a maneira que tenho de descobrir.

O ar calmo de confiança que Robbie projetava me impressionou. Suas espinhas, bem como a necessidade dos óculos, haviam desaparecido desde que lhe lancei um feitiço de cura, mas algo parecia haver se curado dentro dele também; algo que não tinha nada a ver com minha mágicka. Após anos sendo meio que um nerd esquisito, ele começava a se transformar em si próprio, crescendo e descobrindo novas fontes de energia. Era algo muito bom de se ver.

Cal ficou em silêncio por um momento, então seu olhar encontrou o de Robbie. Um mês atrás, eu nunca diria que Robbie seria páreo para uma pessoa forte como ele, mas agora, de certa forma, eles não pareciam diferentes. Por fim, Cal fez que sim com a cabeça e suspirou.

— É, tudo bem. Uma semana não vai nos matar. Como somos só sete pessoas, se dois não puderem ir, o círculo vai ficar meio desequilibrado. Então é melhor tirarmos uma folga esse sábado e nos reencontramos no próximo fim de semana.

— E *aí* teremos o bolo de aniversário de Morgana — completou Robbie, sorrindo para mim.

— Hum... — pigarreou Sharon. — Talvez não seja o melhor momento para dizer que vou à Philadelphia no Dia de Ação de Graças, e fico até domingo.

— Bom — começou Cal, sorrindo —, vamos ter que fazer o melhor que pudermos. É sempre mais complicado na época das festas, pois todos têm compromissos de família. E quanto a você, Matt? Consegue ir na semana que vem?

Matt assentiu de forma automática, e me perguntei se ele sequer ouvira o que Cal dissera. O sinal tocou, e todos nos levantamos. Jenna pegou a mão de Matt, lançando-lhe um olhar significativo. Ele parecia exausto e tenso. Eu queria saber o que estava acontecendo.

Enquanto caminhava para a sala de aula, os corredores rapidamente se encheram de alunos, e Cal me puxou pela manga do casaco.

— Sábado podemos fazer um círculo de aniversário, só nós dois — sussurrou em meu ouvido. — Pode ser uma coisa boa.

A onda de prazer me fez estremecer, e olhei em seus olhos.

— Isso seria incrível.

— Que bom — assentiu. — Vou planejar algo especial.

Na sala de aula, percebi que Tamara havia faltado. Janice me contou que ela estava gripada. Recentemente, todos pareciam estar ficando gripados.

Bree também não fora à aula, ou pelo menos é o que pensei até vê-la parada à porta da sala. Vestia-se toda de preto, com uma maquiagem gótica pesada, assim como Raven. Aquilo obscurecia seu rosto naturalmente belo e a fazia parecer, de certa forma, anônima, como se vestisse uma máscara. Fui tomada por um sentimento de inquietação. Ela ficou ali parada, falando em voz baixa com Chip Newton, e então ambos entraram na sala.

Engoli em seco. Chip era bonito e parecia ser um cara muito legal. Ele também era muito bom em matemática; muito melhor do que eu, e eu sou muito boa. Mas Chip também era o maior traficante da escola. No ano passado, Anita Fleming fora parar no hospital após ter uma overdose de Seconal, que conseguira com ele. Aquilo me fazia questionar o quão legal ele seria de verdade.

O que está fazendo com ele, Bree?, perguntei mentalmente. E o que seu coven está aprontando?

Mais tarde, naquela manhã, enquanto estava no banheiro do primeiro andar, ouvi a voz de Bree, seguida da de Raven, vindas do lado de fora da cabine. Rapidamente, ergui os pés e os apoiei na porta, para que ninguém pudesse perceber que havia alguém ali. Não estava a fim de encarar as duas e lidar com suas caretas naquele momento.

— Aonde vamos nos encontrar? — perguntou Raven, e pude ouvir Bree vasculhando sua bolsa, talvez procurando o batom.

— Na casa de Sky — respondeu ela, conquistando meu interesse; deviam estar falando sobre seu novo coven.

— É tão legal eles terem a própria casa — contemplou Raven. — Quero dizer, são pouco mais velhos do que nós.

Busquei respirar sem fazer barulho, atenta a suas vozes.

— É — concordou Bree. — O que acha dele?

— Gato — disse Raven, e ambas riram. — Mas é Sky quem me derruba. Ela sabe de tudo, é tão legal e tem poderes tão incríveis. Quero ser igual a ela.

Pude ouvir mais um farfalhar de objetos pessoais, e então uma das duas ligou a torneira por um instante.

— É — falou Bree. — Achou esquisito o que ela disse no sábado?

— Na verdade, não. Quero dizer, tudo tem um lado bom e um lado negro, não é? Temos que estar cientes disso.

— É verdade.

Bree soava pensativa, e me perguntei o que diabos Sky teria dito a elas. Será que estava as levando em direção à mágicka negra? Ou estaria apenas mostrando a elas parte do grande círculo da Wicca, como Cal explicara? Não me parecia...

— Você pegou o cabelo, certo? — perguntou Raven, interrompendo meus pensamentos.

— Peguei — disse Bree, e agora ela soava quase... deprimida. Não conseguia entender a conversa. Que cabelo?

— O que foi? Sky prometeu que ninguém sairia ferido.

— Eu sei — murmurou Bree. — É só que... Sabe, encontrei o cabelo neste pente velho...

— Morgana vai ficar *bem* — cortou Raven.

— Não é nada disso — grunhiu Bree. — Não estou preocupada com ela.

Meus olhos se arregalaram, e mordi o lábio, exasperando-me com a ideia que se formava. Bree estava falando do *meu* cabelo. Não conseguia acreditar naquilo. Ela estava entregando um fio do meu cabelo para uma estranha — uma bruxa — pelas costas.

Só poderia haver uma razão para aquilo: Sky queria meu cabelo para me lançar um feitiço. Então por que Bree fizera aquilo? Realmente acreditara que Sky não tinha a intenção de me ferir? Por que *outro motivo* ia querer o meu cabelo?

Ou será que Bree queria me machucar? Tal pensamento me fez entristecer.

— Precisamos de mais gente — constatou Raven, quebrando o silêncio.

— Pois é. Bem, Robbie estará lá. E talvez tenhamos Matt também.

— É verdade... Matt — disse Raven, gargalhando. — Mal posso esperar para ver a cara de Thalia quando Robbie aparecer. Ela provavelmente vai pular em cima dele ali mesmo.

Franzi a testa. Quem era Thalia?

— Sério? — perguntou Bree.

— Ela acabou de terminar com o namorado e está caçando — explicou Raven. — E Robbie está um gato. Eu mesma adoraria ficar com ele.

— Ah, fala sério, Raven — bufou Bree, que riu novamente, e pude ouvir o som do zíper de uma bolsa se fechando.

— É brincadeira. Talvez.

Silêncio. Prendi a respiração.

— O que foi? — indagou Raven, enquanto a porta se abria.

— Thalia não é o tipo dele — disse Bree, enquanto os sons do corredor permeavam o ambiente.

— Se ela quer, é sim.

A porta do banheiro se fechou novamente, e expeli o ar dos pulmões com força. Fiquei de pé, trêmula. Então, Sky estava manipulando Bree. Definitivamente tentariam fazer com que Matt e Robbie deixassem nosso coven e se unissem ao delas. E Sky tinha a própria casa, onde eles se reuniam. Será que morava com Hunter? Era ele que Raven achara gato? Talvez. Até aí, Raven achava gato qualquer ser do sexo masculino que respirasse. E elas conheciam alguém chamada Thalia, que iria se jogar em cima de Robbie. Por algum motivo, Bree parecia pouco animada com aquela ideia; assim como sobre entregar meu cabelo a Sky. Mas seu tom relutante era pouco para me consolar.

Odiava tudo o que acabara de ouvir. Porém, mais do que isso, agora eu estava apavorada.

10

Clarividência

As coisas estão começando a esquentar, e não apenas por causa do Perseguidor. Temos recebido muitas visitas. Muitos que nunca vi antes; outros dos quais me lembro de toda parte do mundo: Manhattan, Nova Orleans, Califórnia, Inglaterra, Áustria... Eles chegam e partem a qualquer hora do dia, e vivo encontrando pequenos grupos de pessoas amontoadas em uma sala ou outra, com as cabeças juntas, discutindo, questionando e fazendo mágicka. Não entendo por completo o que está acontecendo, mas está claro que nossa descoberta aqui agitou as coisas. E os círculos! Agora, temos feito quase todos os dias. São poderosos e emocionantes, mas me deixam cansado no dia seguinte.

— Sgàth

Depois da aula, queria contar a Cal sobre o que havia escutado, mas ele já tinha ido embora. Deixara um recado no meu armário, dizendo que tivera que ir para casa para se encontrar com um dos amigos da mãe. Assim, por ora estava sozinha com meus questionamentos sobre Bree, Raven e seu coven. Nem mesmo Mary K. voltaria para casa comigo; quando estava entrando no carro, ela me alcançou para avisar que iria à casa de Jaycee. Fiz que sim com a cabeça e acenei para ela, mas não consegui abrir um sorriso. Não queria ficar sozinha. Havia coisa demais me atormentando.

Por sorte, Robbie bamboleou até o carro.

— E aí? — cumprimentou.

Escondi os olhos da luz pálida de novembro com a mão e voltei-os na direção de Robbie. Não tinha certeza se deveria ou não contar a ele sobre o que tinha na cabeça; mas decidi não fazer. Aquilo era complicado demais. Em vez disso, apenas falei:

— Pensei em ir ao parque Butler's Ferry para pegar algumas pinhas e tal, para o Dia de Ação de Graças.

— Bacana — disse ele, após certa reflexão. — Quer companhia?

— Claro — admiti, destravando a porta do carona.

— Então, seus parentes vêm para o feriado?

Assenti, saindo do estacionamento e acelerando para entrar na estrada.

— Meus avós maternos, o irmão do meu pai e sua família. E todos que vivem aqui também. Este ano, vamos fazer um jantar em casa.

— É. Nós vamos para a casa dos meus tios — falou ele, sem qualquer entusiasmo. — Vão ficar gritando com o jogo de futebol americano na TV, a comida vai estar uma droga, e depois meu pai e meu tio Stan vão se embebedar e acabar se socando.

— Bem, eles fazem isso todo ano — brinquei, tentando injetar algum humor em nossa situação não muito cômica. Ouvira sobre a família de Robbie antes, e aquilo sempre me deixava triste. — Então é praticamente uma tradição.

— Acho que você tem razão — disse ele, rindo enquanto eu virava o carro na rua Milton Pike. — Tradição é uma coisa boa. Algo que aprendi com a Wicca.

Logo, estava parando o carro no estacionamento vazio do parque Butler's Ferry, desligando motor e buscando uma cesta com alça no porta-malas. Apesar do frio, o Sol esforçava-se para brilhar, e sua luz refletia nas folhas que nossos pés esmagavam. As árvores estavam nuas e esculturais, com o céu amplo pintado de um azul pálido e desbotado. A paz daquele lugar começou a me conquistar e me acalmar. Senti-me subitamente feliz de estar ali com Robbie, a quem conhecia havia tanto tempo.

— Tem alguma erva ou alguma coisa assim nessa época do ano? — perguntou Robbie.

— Não muitas — falei, balançando a cabeça. — Conferi meu guia de campo e talvez vejamos algumas coisas, mas não estou contando com isso. Terei de esperar até a primavera, quando vou poder coletar plantas selvagens para começar meu próprio jardim.

— É esquisito que você seja tão poderosa na Wicca, não é? — questionou, repentinamente, mas não de um jeito ofensivo ou provocativo.

Por um momento, prendi a respiração, e pensei em contar a ele tudo o que descobrira sobre mim mesma no último mês. Robbie sequer sabia que eu era adotada. Mas eu não poderia simplesmente contar a ele. Era meu amigo havia muito tempo, e sempre me ouvira reclamar de minha família, sempre me imaginando como uma Rowlands. Não estava disposta a lidar com todo o efeito colateral de contar a história inteira *outra vez*. Sabia que explicaria a ele algum dia; éramos próximos demais para que eu mantivesse um segredo tão grande. Mas não seria hoje.

— É, acho que sim — concordei, por fim, mantendo a voz em um tom casual. — Quero dizer, é incrível. Mas quem imaginaria?

Sorrimos um para o outro, e encontrei um lindo galho de pinheiro no chão, com três pinhas perfeitas. Também parei para pegar dois gravetos de carvalho que estavam cobertos de folhas secas. Adorava o formato das folhas de carvalho.

— É algo que realmente mudou tudo — murmurou, pegando um galho parecido e entregando-o a mim. Aceitei e o juntei aos outros na cesta. — Digo, a mágicka. Mudou completamente sua vida. E você mudou completamente a minha. — Robbie apontou para o rosto, para sua pele, causando-me uma fugaz pontada de culpa.

Tudo o que eu quisera fazer era tentar um pequeno feitiço de cura para limpar a acne que feria sua pele desde o sétimo ano. Mas o feitiço continuava o aperfeiçoando. Ele nem precisava mais de óculos. Volta e meia, aquilo tudo me assustava novamente.

— Parece que sim — concordei, baixinho, abaixando-me para analisar uma videira pequena e crespa que subia por uma árvore, com algumas folhas ressecadas de um vermelho vívido.

— Não toque nisso — alertou Robbie. — É hera venenosa.

Soltei uma risada, em meio ao susto.

— Grande bruxa que serei. — Sorri para Robbie, que devolveu o gesto. O crepúsculo se aprofundava, e o silêncio da mata nos cercava. — Fico feliz de só ter você aqui comigo. Sei que não vai me achar uma idiota completa.

Robbie concordou com a cabeça, mas seu sorriso se esvaiu, e ele mordeu o lábio.

— O que houve? — perguntei.

— Sente falta de Bree? — soltou, do nada.

Fiquei olhando para ele, incapaz de responder. Não sabia o que dizer, mas sabia o que Robbie sentia: ali estávamos, nos divertindo como fizemos tantas vezes no passado. Exceto pelo fato de Bree não estar ali para se divertir conosco.

— Estou apaixonado por ela, sabia? — confessou.

Meu queixo caiu. Uau! Suspeitava de seus sentimentos por Bree, mas nunca imaginei que fossem tão fortes. Tampouco esperava que ele os colocaria para fora daquela forma.

— É, eu meio que imaginava que você gostava dela — admiti, um pouco sem jeito.

— Não, é mais do que isso — rebateu, desviando o olhar e arremessando uma bolota de carvalho para longe. — Estou apaixonado, louco por ela. Sempre estive, há anos.

Robbie sorriu e balançou a cabeça. Lancei-lhe um rápido olhar, e qualquer arrependimento que tivera por ter curado seu rosto sumira. Eu havia feito algo bom. Ele era bonito e seguro de si; seu maxilar era liso e forte. Parecia um modelo.

— Há anos? — repeti. — Não sabia disso.

— Não queria que soubesse — explicou, dando de ombros. — Não queria que ninguém soubesse, especialmente Bree. Ela sempre foi atrás dos caras burros e bonitos. Vejo ela pular de um babaca para outro, sabendo que nunca teria chances com ela. — Seu sorriso vacilou. — Sabia que ela me contou quando perdeu a virgindade? — Robbie virou-se na minha direção, os olhos azuis acinzentados refletindo a luz enfraquecida do sol. Então balançou a cabeça em negativa outra vez, com a expressão de quem relembrava uma dor antiga. — Ela estava toda feliz e animada. A melhor coisa desde o café *mocha*, foi o que ela me disse. E com aquele imbecil do Akers Rowley.

— Eu sei — comentei, franzindo a testa. — Akers era um idiota. Sinto muito, Robbie.

— Enfim — continuou Robbie, com o sorriso voltando ao rosto —, já viu como estou hoje em dia?

— Você está lindo — elogiei, instantaneamente. — É um dos caras mais bonitos do colégio.

Robbie deu uma risada, lembrando, por um momento, seu antigo eu, esquisito e envergonhado.

— Obrigado. Mas, er... acha que, talvez, eu tenha uma chance agora?

Mordi o lábio. Bem, essa era uma pergunta complicada. Quero dizer, deixando totalmente de lado o fato de Bree estar possivelmente se envolvendo em mágicka negra, era esquisito demais pensar nos dois como um casal. Eram amigos havia muito.

— Não sei — respondi, após um minuto. — Não sei como Bree te vê. Sim, você é bonito, mas talvez ela o veja mais como um irmão. Você a conhece bem demais para enfeitiçá-la. Ou vice-versa. Não magickamente falando.

Robbie concordou com a cabeça, chutando as folhas secas. Sua testa estava enrugada. Caminhamos ainda mais para dentro da mata. Tínhamos cerca de vinte minutos até que escurecesse; logo precisaríamos voltar.

Enlacei meu braço no dele.

— Tem mais uma coisa — falei. Precisava avisá-lo, para que se mantivesse de guarda levantada. — Hoje ouvi Bree e Raven falando sobre seu novo coven.

Contei a ele a essência do que ouvira no banheiro, deixando de fora a parte sobre meu cabelo. Aquilo era algo com o que deveria lidar em particular, com a ajuda de Cal. Além do mais, não tinha certeza do que significava o fio de cabelo. Não queria que Robbie ficasse ainda mais dividido entre mim e Bree do que já se sentia. Mas, ao mesmo tempo, não queria que ela o usasse.

— É, eu sei que querem recrutar novos membros — confirmou. — Não se preocupe, não estou interessado em juntar-me a elas. Mas vou até lá para ver o que está rolando.

Aqui, no parque com Robbie, meus pensamentos sobre Bree, Raven e seu coven começaram a parecer um pouco paranoicos. E daí que quisessem ter seu próprio coven? Aquilo não era necessariamente ruim, ou maligno. Era apenas diferente, outro raio na grande roda da Wicca. E o cabelo... Bem, quem poderia saber do que aquilo se tratava? Sky dissera a elas que ninguém sairia ferido, e pareciam confiar nela. Mas, acima de tudo, não conseguia ver Bree como uma pessoa má. Ela fora minha melhor amiga por tanto tempo que eu saberia se tivesse algum traço de perversidade. Não saberia?

Balancei a cabeça em negativa. Aquilo era algo muito duro de se pensar. Então me lembrei de outra coisa que ouvira.

— Conhece alguém chamada Thalia? — perguntei. — Faz parte do coven de Bree e Raven.

Robbie pensou e fez que não com a cabeça.

— Talvez seja uma amiga de Raven — sugeriu.

— Bem, minhas informantes dizem que talvez ela dê em cima de você — contei. Queria que soasse como uma piada, mas, por algum motivo, as palavras adotaram um tom sombrio.

— Excelente — falou, alegrando-se.

Gargalhei e dei um cutucão na lateral do corpo dele enquanto caminhávamos pela trilha do parque.

— Só fique de olho, OK? — pedi, por fim. — Quero dizer, com relação a Bree. Ela tende a gostar de caras que pode controlar, sabe? Que ela possa intimidar e que farão qualquer coisa que ela quiser. Eles não duram muito tempo.

Robbie ficou em silêncio. Não precisava lhe dizer nada disso; ele já sabia de tudo.

— Se Bree puder gostar de você da forma que você merece — prossegui —, será maravilhoso. Mas não quero que se machuque.

— Eu sei.

— Boa sorte — sussurrei, dando-lhe um apertão no braço; ele sorriu.

— Obrigado.

Por apenas um instante, ponderei sobre feitiços e poções de amor, se sequer funcionavam. Contudo, Robbie cortou meus pensamentos, como se pudesse ler minha mente.

— Nem se atreva a interferir nisso com mágicka — alertou.

— É claro que não! — rebati, fingindo uma expressão magoada. — Acho que já fiz o suficiente...

Robbie soltou uma risada.

De repente, parei do nada e puxei o braço de Robbie, que me lançou um olhar inquisitivo. Levei um dedo aos lábios, e meus olhos varreram a mata. Não via nada. Mas meus sentidos... Havia alguém ali. Duas pessoas. Podia sentir. Mas onde estariam?

Após mais um instante, ouvimos vozes abafadas.

Sem pensar, ambos mergulhamos atrás de um pedregulho às margens da trilha.

— Você está errada; não quero fazer isso — alguém dizia.

— Não seja bobo, Matt. É claro que quer. Tenho visto como você me olha.

É claro. Era Raven e estava tentando seduzir Matt. Fazia todo o sentido. Lembro-me de como ela dissera seu nome no banheiro, de como rira.

Em silêncio, eu e Robbie espiamos pelo topo do pedregulho. A pouco mais de 5 metros de nós, Robbie e Raven encaravam-se. O sol agora se punha com rapidez, e o ar ficava mais gelado. Raven se aproximou dele, com um sorriso brincalhão nos lábios. Ele franziu a testa e se afastou, mas deu de costas com uma árvore. Raven foi para cima de Matt e colou o corpo no dele.

— Pare — fraquejou.

Raven entrelaçou as mãos em volta do pescoço de Matt e ficou na ponta dos pés para beijá-lo.

— Pare — repetiu ele, mas aquela palavra soava tão intensa quanto o miado de Dagda.

Ele resistiu por longos cinco segundos, e então seus braços estavam ao redor do corpo de Raven, e sua cabeça, inclinada, enquanto ele a segurava firmemente contra o corpo.

Ao meu lado, Robbie levou o rosto às mãos, e eu me mantive boquiaberta, assistindo àquela cena por um pouco mais de tempo; mas, quando Matt desceu o zíper do casaco de Raven e desabotoou o próprio, não pude mais suportar. Robbie e eu apoiamos as costas contra o pedregulho. Pude ouvir um pequeno gemido, que me fez encolher em uma careta. Aquilo era constrangedor demais.

— Será que eles vão transar? — sussurrou Robbie em meu ouvido, aproximando-se, e minha careta ficou ainda pior.

— Não sei. Quero dizer, está frio para caramba aqui.

Robbie abafou uma risadinha, e acabei juntando-me a ele. Durante vários segundos, ficamos reclinados sobre as pernas, mastigando as mangas dos casacos, engasgando nas risadas. Por fim, Robbie não resistiu a uma espiadela, e reclinou a cabeça contra o pedregulho, na direção da mata.

— Não consigo ver muita coisa — resmungou, baixinho. — Está muito escuro perto das árvores.

Não queria tentar por mim mesma, embora soubesse que conseguiria enxergar com perfeição. Minha visão noturna havia se aprimorado dramaticamente; decifrava a escuridão com facilidade agora, como se tudo fosse fracamente iluminado por dentro. Até encontrara uma referência a esse poder em um livro sobre bruxaria: chamava-se clarividência.

— Acho que não estão transando — cochichou Robbie, apertando os olhos. — Parece mais que é uma pegação forte. Ainda estão de pé.

— Graças a Deus e a Deusa — murmurei.

Em seguida, ouvi a voz de Matt.

— Temos que parar. Jenna...

— Esqueça Jenna — interrompeu-o Raven, com a voz provocativa. — Eu quero você, e você me quer. Quer estar comigo, no nosso coven.

— Não, eu...

— Matt, por favor. Pare de resistir. Desista, e serei sua. Não me quer?

Ele soltou um grunhido estrangulado. Agora era minha vez de cobrir o rosto com as mãos. Queria poder parar Matt de alguma forma. Claro, eu também estava achando ele um completo babaca.

— Você me quer *sim* — aliciou Raven. — E posso lhe dar o que quer; o que Jenna não pode dar. Podemos ficar juntos e fazer mágicka, mágicka forte, no meu coven. Você não quer mais andar com Cal. Ele é obcecado por controlar os outros.

Meu corpo enrijeceu, e franzi a testa. O que diabos ela sabia sobre Cal?

— No nosso círculo, pode fazer o que quiser — continuou. — Ninguém vai te refrear. E você pode ficar comigo. Vamos... — A voz de Raven nunca soara tão doce e apelativa; e um arrepio que não tinha nada a ver com o frio correu minha espinha.

— Não posso — disse Matt. Sua voz parecia torturada.

Ouvimos seus passos sobre as folhas secas; por sorte, estavam se afastando.

— Minha bunda congelou — resmungou Robbie, baixinho. — Vamos sair daqui.

Assenti e fiquei de pé. O mais silenciosa e rapidamente quanto conseguimos, fugimos pela trilha até o Das Boot. Sem dizer uma palavra, joguei a cesta no porta-malas, e ambos entramos no carro.

— Aquilo foi bizarro — comentou Robbie, por fim, soprando sobre as mãos. Concordei com a cabeça e enfiei a chave na ignição.

— Agora sabemos por que ele está tão esquisito — falei, enquanto ligava o aquecedor, então sorri. — Raven estava toda se querendo para ele.

Robbie não abriu um sorriso, o que fez com que o meu se dissipasse. Aquilo não era engraçado. Nem de longe. As pessoas poderiam acabar machucadas. Embiquei o Das Boot para fora do estacionamento e peguei a estrada.

— Será que devemos fazer algo com relação a isso? — perguntei. — Me sinto péssima por Jenna. E até tenho um pouco de pena de Matt. Ele está só... perdido.

— Acha que Raven está colocando algum feitiço nele? — sugeriu Robbie.

Balancei a cabeça em negativa.

— Acho que não. Quero dizer, ela não é uma bruxa de sangue. Seria diferente se ela viesse praticando a Wicca há anos e estivesse mais em contato com seu poder natural. Não vejo isso acontecendo. A menos que Sky tenha feito algo com ela para que pudesse interferir com Matt...

— Acho que o feitiço do sexo já basta — pontuou Robbie, secamente.

Pensei em como Cal me fizera sentir nas poucas vezes em que estivemos íntimos e próximos; em como eu ficara alheia ao mundo, como tudo ao nosso redor parecia desaparecer.

— É — murmurei. — O que faremos, então?

— Não sei — respondeu Robbie, após considerar por um tempo. — Não consigo imaginar confrontar nenhum dos dois com isso. De certa forma, não é da nossa conta. E se você contasse a Cal? Quero dizer, é o coven dele que estão tentando separar. Diga a ele o que ouviu no colégio.

Soltei um suspiro, então concordei com a cabeça.

— Boa ideia. — Mordi o lábio. — Robbie, obrigada por me contar sobre como se sente em relação a Bree. Fico feliz de ter confiado em mim. E não vou contar a mais ninguém. Mas apenas... tome cuidado, OK?

Robbie assentiu.

— Vou tomar.

11

O Conselho

Véspera do Samhain, 1995.

Meus primos vão fazer uma festa à fantasia este Samhain, após a cerimônia. Vou fantasiado de Dagda, o Senhor dos Céus e grande rei de Tuatha De Danaan. Levarei minha flauta pan para simbolizar a música, o cetro para a mágicka e um livro representando a sabedoria. Será divertido. Estou ajudando Linden e Alwyn com suas fantasias, e temos nos divertido bastante.

Vi minha prima, Athar, beijando Dare McGregor atrás de uma árvore no jardim. Fiquei provocando, e ela lançou um feitiço de silêncio em mim, e agora nem posso tagarelar sobre isso. Venho buscando um contrafeitiço havia dois dias.

Ano que vem serei iniciado, e então me tornarei bruxo. A espera vai acabar. Tenho estudado há muito tempo. Parece que só o que fiz desde que cheguei aqui foi estudar. Tia Shelagh não é tão ruim, mas tio Beck é um carrasco; e tem sido ainda mais difícil, pois Linden e Alwyn estão sempre se pendurando ou correndo atrás de mim, e fazendo perguntas que não têm sido fáceis de responder. Minha cabeça está sempre girando e girando, como uma roda.

Mas o que mais ocupa meus pensamentos ainda é nossos pais. Onde estão, e por que nos abandonaram? Perdi tanta coisa... minha família, minha confiança. A ira nunca morre. Em um ano, saberei a verdade. Mais uma razão pela qual mal posso esperar por minha iniciação.

— Giomanach

— Tentei ligar para você noite passada — falei para Cal, pressionando o rosto contra seu casaco quentinho. O ar gelado atravessou o estacionamento, sacudindo meu cabelo. Fiquei arrepiada, e a mão dele acariciou minhas costas.

O primeiro sinal daquela manhã estava prestes a tocar, mas eu não queria dividir Cal com outras pessoas naquele momento. Também não queria ver Matt e Jenna. Meus nervos pareciam estar doloridos, tanto pelos acontecimentos bizarros de ontem, quanto pelos sonhos horríveis que tive durante a noite. Sonhei com uma nuvem escura, como um enxame de insetos pretos, que me perseguia, me sufocando. Acordei tremendo e suando, e não consegui voltar a dormir antes do sol nascer, uma hora antes de Mary K. me acordar.

— Eu sei — sussurrou Cal, beijando-me na lateral da cabeça. — Peguei sua mensagem, mas voltei tarde demais para ligar. Era importante? Achei que, se precisasse muito de mim, mandaria uma mensagem de bruxo.

— Foi só... — comecei, abraçando com força sua cintura — um monte de coisas esquisitas sobre as quais queria conversar com você.

— Tipo o quê?

Hesitei por um instante. Estávamos encostados em seu carro, em frente à escola, mas do outro lado da rua; parecia que estávamos a sós. Não o suficiente, porém, então olhei ao redor para me certificar daquilo.

— Bem, primeiro eu ouvi Raven e Bree conversando no banheiro. Falavam sobre tentar fazer com que Matt e Robbie se unissem ao coven de ambas. Acho que querem nos separar. Sky é a líder. Elas se encontram na sua casa, onde quer que isso seja. Então Bree falou algo sobre ter achado um pouco de cabelo meu para dar a Sky. Foi meio... assustador — confessei. — Quero dizer, o que Sky quer com meu cabelo?

— Não sei — respondeu, apertando os olhos dourados. — Mas pretendo descobrir. — Cal respirou fundo. — Não se preocupe. Ninguém vai se meter com você, Morgana. Não enquanto eu estiver por aqui.

Fiquei impressionada com o conforto que suas palavras me trouxeram. Senti como se um peso houvesse sido retirado dos meus ombros.

— Tem mais uma coisa — contei. — Mais tarde, Robbie e eu fomos até o parque, e vimos Raven e Matt juntos... bem juntos.

— Oi? — Cal ergueu as sobrancelhas.

— Pois é. E foi totalmente sem querer. Estávamos andando pelo parque, procurando pinhas e tudo mais, então vimos Raven praticamente se jogando em cima de Matt, tentando fazê-lo terminar com Jenna e se juntar ao coven delas.

— Caramba! — exclamou Cal, franzindo a testa. — Então você tinha razão; Matt está mesmo agindo esquisito, e agora sabemos o porquê.

— É.

Uma expressão pensativa tomou o rosto de Cal.

— E tem certeza de que Sky é a líder do coven delas? Isso faz sentido, já que você a viu se encontrando com Bree e Raven.

Assenti, mas não podia evitar pensar que... se Sky era a líder, então o que fazia na casa de Cal com Selene, participando de um dos círculos dela, na noite em que encontrei o Livro das Sombras de Maeve? Era algum tipo de espiã Wicca? Selene sabia que Sky tinha seu próprio coven? Será que aquilo sequer importava? Minha cabeça estava girando. Havia tanta coisa que não compreendia, que precisava descobrir.

Naquele momento, ouvimos o soar distante do sinal do colégio, e ambos soltamos resmungos. Assistir a aulas não era minha prioridade número um hoje. De braços dados, começamos a nos arrastar pelo gramado seco em direção à escola.

— Deixe-me pensar sobre isso — pediu Cal. — Preciso falar com Sky, obviamente. Mas também preciso concluir se devo falar com Raven, ou com Matt. Ou ambos.

Fiz que sim com a cabeça. Parte de mim sentia-se uma fofoqueira, mas acima de tudo, estava aliviada por Cal saber de tudo aquilo. Pensava em conversar eu mesma com Matt, mas tinha certeza de que Cal iria lidar com coisas maiores, como Sky. Enquanto subíamos as escadarias de pedra da entrada dos fundos da escola, apertei sua mão em despedida. Sim, eu teria que falar com Matt. Ele era meu amigo, e ainda era parte de nosso círculo. Devia isso a ele.

— Matt? — chamei-o, no corredor. — Pode falar comigo um minuto?

Era logo depois do almoço e quase hora de voltar para a sala de aula. A falta de sono da noite anterior começava a me alcançar. Meus pés estavam, sem dúvidas, se arrastando. Daria qualquer coisa para simplesmente poder me encolher em algum canto e tirar um cochilo, mas aquela era a primeira chance que tive de conversar com Matt, e não a deixaria passar.

— O que houve, Morgana? — perguntou. Ele parou na minha frente, com a cara fechada e a expressão distante, metendo as mãos nos bolsos.

Tomei ar e, então, decidi ir direto ao assunto.

— Vi você e Raven ontem — declarei, de uma vez. — No parque Butler's Ferry.

Os olhos negros de Matt se arregalaram e voltaram-se para mim.

— Er... Do que está falando?

— Venha aqui — falei, pacientemente, então o puxei para um canto do corredor, para que pudéssemos conversar sem sermos ouvidos por algum outro aluno que estivesse passando por ali. Baixei o tom de voz. — Quero dizer, eu *vi* você ontem com Raven, no parque. Sei que ela está tentando fazer com que se junte ao coven dela. E sei que está pulando a cerca com ela.

— Não estou pulando a cerca! — insistiu Matt, e sequer respondi; apenas ergui as sobrancelhas. Então, ele baixou o olhar em direção ao chão. — Quero dizer, ainda não chegou a esse ponto — resmungou, finalmente se rendendo. — Meu Deus, não sei o que fazer.

Dei de ombros.

— Termine com Jenna se quiser ficar com Raven — sugeri.

— Mas não quero ficar com ela — explicou. — Nem quero me juntar ao coven delas. A questão é... Sempre a achei muito gata, sabe? — Matt balançou a cabeça, como se tentasse arrumar os pensamentos. — Por que estou contando isso para você?

Algumas calouras passaram por nós. Embora fossem apenas dois anos mais novas, pareciam estar a um mundo de distância. *Estavam* a um mundo de distância. Pertenciam ao universo da escola, deveres de casa e garotos. O de Mary K. Não o meu.

— Por que ela quer que se junte ao coven delas? — perguntei.

— Acho que precisam de mais gente — respondeu Matt, soando devastado. — Um bando de gente começou a frequentar, mas todos foram largando ou sendo expulsos. Vários não levavam aquilo a sério.

— Mas por que *você*? — pressionei.

— Não acho que seja especificamente eu — bufou. — Quero dizer, sou um ninguém, só um a mais.

— Você também é parte do nosso coven — murmurei. Parte de mim queria consolá-lo, mas a outra queria partir seu pescoço. — Então, o que vai fazer? — interpelei, cruzando os braços e tentando não parecer que estava julgando Matt.

— Não sei.

— Talvez devesse conversar com Cal sobre isso — sugeri, suspirando. — Pode ajudar você a clarear os pensamentos.

Matt não parecia estar tão certo daquilo.

— Talvez — duvidou. — Vou pensar no assunto. — Ele ergueu o olhar para mim. — Vai contar para Jenna?

— Não — respondi, balançando a cabeça em negativa. — Mas ela não é burra, sabe que tem algo errado.

— É... — Matt riu, soando distante. — Estamos juntos há quatro anos. Nos conhecemos tão bem... Mas ainda não temos nem 18 anos. — Com isso, ele afastou-se da parede e foi até sua sala de aula; sem olhar para trás uma vez sequer.

Eu o observei partir, pensando no que ele dissera. Será que quis dizer que se enrolou com Jenna cedo demais, e queria sair com outras pessoas? Enquanto me perguntava aquilo, um curto poema surgiu em minha mente, e repeti aquelas palavras em silêncio.

"Ajude-o a ver o caminho a se tomar
Ajude-o a achar a verdade a se contar
Não é ele o caçador aqui
Nem tampouco o javali."

Balancei a cabeça e me dirigi à minha sala. O quê aquilo significava?, pensei. Como iria saber? Essas coisas não vinham com instruções ou comentários.

Naquela tarde, quando Mary K. e eu chegamos da escola, havia um carro cinza estacionado em frente à nossa casa. Não pensei que fosse algo diferente: várias pessoas estacionavam ali o tempo todo. Provavelmente era apenas um dos clientes de minha mãe, então simplesmente acompanhei Mary K. pela calçada.

— Morgana!

Girei no lugar ao ouvir aquela voz. Hunter Niall estava saindo do carro.

— Quem diabos é esse? — perguntou minha irmã, arqueando a sobrancelha quando lhe lancei um olhar.

— Vá para dentro de casa — ordenei, sentindo o coração acelerar. — Deixe isso comigo.

— Uh! — exclamou, lançando-me um risinho. — Mal posso esperar para ouvir sobre *isso*. — Mary K. subiu os degraus da entrada, tirou as botas Dr. Martens e entrou.

— Olá, Morgana — disse Hunter, aproximando-se.

Como conseguia fazer com que um simples cumprimento soasse tão ameaçador? O resfriado parecia pior, também. Seu nariz estava vermelho, e sua voz era muito anasalada.

— O que você quer? — perguntei, engolindo em seco.

Lembrei-me do pesadelo da noite passada, da sensação esmagadora de asfixia e da nuvem negra que me perseguia.

— Quero conversar com você — falou, tossindo.

— Sobre o quê?

Tirei a mochila e apoiei-a na varanda de casa, sem desviar os olhos de Hunter. Observava suas mãos, a boca, os olhos, qualquer coisa com a qual pudesse fazer mágicka. Minha pulsação disparara, e a garganta parecia apertada. Desejei profundamente que Cal aparecesse do nada em seu carro. Considerei mandar-lhe um sinal telepático, uma mensagem de bruxo; mas então percebi que deveria apenas dar meia-volta e ir para casa. Poderia lidar com aquilo sozinha. Não precisava sequer conversar com Hunter.

Mas, por algum motivo, apenas fiquei ali, parada, enquanto ele se aproximava a passos largos sobre a grama do jardim, deixando pegadas negras sobre o gelo semiderretido. Agora, ele estava perto o suficiente para que eu pudesse ver que sua pele clara era totalmente lisa, exceto por algumas sardas no alto do nariz robusto. Seus olhos eram verdes e frios.

— Vamos falar sobre *você*, Morgana — disse ele, puxando o capuz preto mais para trás no topo da cabeça e revelando alguns tufos do cabelo louro. — Você não sabe o que está fazendo com Cal. — Aquela constatação era firme, porém casual, como se estivesse apenas me informando de que eram quatro da tarde e estava na hora do chá.

Balancei a cabeça em negativa, sentindo a raiva crescer dentro de mim.

— Você nem sabe...

— Não é sua culpa — interrompeu. — Isso tudo é novidade para você.

A raiva se acumulava na boca do meu estômago, transformando-se em ira. Que direito ele tinha de ser tão condescendente comigo?

Os olhos de Hunter fixaram-se nos meus.

— Não se pode esperar que saiba sobre Cal e Selene, ou sobre quem são. Ninguém a culpa por isso.

— Ninguém me culpa pelo quê? — exigi. — Do que está falando? Nem *conheço* você. O que ganha vindo me dizer qualquer coisa sobre gente que conheço e com quem me importo?

Ele deu de ombros, e seus movimentos eram frios como o ar que nos circundava.

— Está se metendo em algo muito maior e mais sombrio do que pode sequer imaginar.

A ira transformou-se em sarcasmo. Hunter definitivamente trazia à tona o pior de mim.

— Ah — ironizei, tentando soar entediada. — Pare, por favor. Está me assustando.

Sua expressão enrijeceu e ele veio na minha direção. Senti o estômago contrair e a adrenalina sendo injetada em minhas veias. Resisti ao impulso de me virar e correr para dentro de casa.

— Cal tem mentido para você — grunhiu. — Não é quem ou o que você pensa que ele é, nem Selene. Estou aqui para alertá-la. Não seja burra. Olhe para mim! — Hunter apontou para os olhos inchados e o nariz vermelho. — Acha que isso é normal? Por que não é. Eles estão me enfeitiçando...

— Ah, você só pode estar de brincadeira! — interrompi. — Quer realmente me convencer de que eles estão tramando contra você? Dá um tempo!

Quem *era* aquele cara? Realmente achava que eu acreditaria que Cal e Selene estavam lhe dando um resfriado usando mágicka negra? Ou será que era apenas um louco paranoico? Talvez eu devesse ter pena dele; mas não conseguia. Tudo o que sentia era fúria. Queria empurrá-lo com toda a força, derrubá-lo e chutá-lo. Nunca estive tão nervosa. Nem com meus pais, nem com Bree, nem mesmo com Bakker. Me virei para ir para casa.

Hunter se lançou à frente e segurou meu braço, machucando-me. Fechei o punho e soquei sua mão, sentindo-me acuada e furiosa. Um raio de luz azul saltou de minha palma e chocou-se contra a dele, que me soltou de imediato, parecendo assustado.

— Então é isso — suspirou, esfregando a mão e assentindo em meio a seu espanto. — É por isso que ele quer você.

— Fique longe de mim! — gritei. — Ou quer que eu o machuque de verdade? — ameacei, e Hunter expirou com escárnio.

— Está tentando me mostrar a poderosa Woodbane que é?

O tempo pareceu congelar.

— É isso mesmo — sussurrou. — Conheço seu segredo. Sei que é uma Woodbane.

— Você não sabe de nada — consegui dizer, mas as palavras soaram como um suspiro.

— Maeve Riordan — falou, dando de ombros. — Belwicket. Todos ali eram Woodbane. Não aja como se não soubesse.

— Está mentindo — cuspi, embora sentisse um horrível borbulhar dentro de mim, como se fosse um caldeirão fervente, fazendo-me questionar se iria vomitar.

Uma onda de surpresa tomou sua expressão, e foi instantaneamente substituída pela dúvida.

— Não pode esconder isso — provocou, e agora soava mais irritado do que arrogante. — Não pode simplesmente fingir que não é verdade. Você é uma Woodbane, Cal também é, e vocês dois estão brincando com fogo. Mas isso vai acabar. Você tem uma escolha, e ele também tem. Estou aqui para assegurar que você fará a escolha certa.

Mexa-se, ordenei ao meu corpo, aos meus pés. Vá para casa. Ande, droga! Mas não conseguia me mover.

— Quem é você — perguntei. — Por que está fazendo isso comigo?

— Sou Hunter — falou, subitamente abrindo um sorriso lupino que me fez perder o ar. Ele parecia poderoso e animalesco. — O membro mais novo do Conselho Internacional de Bruxos.

Minha respiração agora vinha em espasmos curtos, como se estivesse encarando a própria morte.

— E sou irmão de Cal.

12
O Futuro

Agradeço ao Deus e à Deusa por ela. Que revelação ela se mostra ser, cada vez mais! Quando me foi atribuído cuidar dela, acreditei que não seria nada além de um exercício de poder. Tornara-se muito mais do que aquilo, porém. Era um pássaro selvagem: delicada, mas portadora de uma força determinada e violenta. Agir cedo demais seria como assustá-la e vê-la fugir voando.

Pela primeira vez na vida, há um arranhão em minha armadura, e é o meu amor.

— Sgàth

Corri pelos degraus cobertos de gelo de casa e me lancei pela porta. De certa forma, sabia que Hunter não iria me seguir. Estava maravilhosamente quente e confortável ali dentro, e quase chorei de alívio quando subi as escadas e me joguei para dentro do quarto. Consegui juntar concentração o suficiente para trancar a porta, e, quando Mary K. bateu nela logo em seguida, gritei:

— Desço em alguns minutos.

— OK — respondeu, e em instantes pude ouvir seus pés descendo a escada.

Minha cabeça girava. A primeira coisa que fiz foi correr até o banheiro e examinar meu rosto no espelho. Aquela era eu, a mesma de sempre, a despeito dos assustados olhos castanhos e do rosto pálido de choque. Será que Hunter estava certo? Eu era uma Woodbane?

Joguei-me sobre a cama e saquei o Livro das Sombras de Maeve de sob o cobertor, então comecei a folhear as páginas. Já as havia passado rapidamente desta forma, captando algumas partes aqui e ali, mas em geral, arrastava-me lentamente pelo livro, saboreando cada palavra, deixando-me absorver cada feitiço e aprofundando o conhecimento e o único elo que tinha com a mulher que havia me dado à luz.

Estranhamente, contudo, não levou muito tempo para que encontrasse o que buscava. Era de quando Maeve ainda assinava como Bradhadair. Ela escrevera com convicção: "Embora o sangue dos Woodbane corra em nossas veias, o clã dos Belwicket está comprometido a não praticar nenhuma maldade."

Com a força de uma onda quebrando-se sobre a praia, as palavras de Selene voltaram a mim: "Sei o que ele contém, e não tinha certeza de que estaria pronta para lê-lo."

Selene sabia que Maeve havia sido uma Woodbane. Repentinamente, meus olhos se voltaram a um pequeno volume sobre a mesa: o livro sobre os Woodbane que

Alyce, da Mágicka Prática, quisera que eu lesse. Então... ela também sabia disso? E Hunter? Como todos sabiam sobre aquilo, exceto por *mim*? Será que Cal sabia? Não me parecia possível.

Hunter era um mentiroso. Podia sentir a fúria crescendo dentro de mim outra vez, como nuvens em uma tempestade. Ele também dissera ser irmão de Cal. Pensei um pouco. Sabia que o pai dele havia se casado novamente e tido outros filhos na Inglaterra. Mas Hunter não poderia ser um deles; ele e Cal tinham praticamente a mesma idade.

Mentiras. Era tudo mentira.

Mas por que Hunter estava aqui? Decidira simplesmente vir à América e bagunçar minha cabeça? Talvez ele *fosse* irmão de Cal e estivesse à caça dele por algum motivo. E estaria me atacando para atingir meu namorado. Se fosse este o caso, estava fazendo um trabalho muito bom.

Aquilo tudo me dera uma dor de cabeça horrível. Fechei o livro e puxei Dagda para um abraço, então fiquei escutando seu miúdo e sonolento ronronar. Fiquei assim até Mary K. me chamar para o jantar.

A comida era praticamente intragável: um assado vegetariano que Mary K. bolara. De qualquer forma, eu não estava com muita fome. Precisava de respostas.

Esquivando-me de uma pergunta sussurrada de Mary K. sobre Hunter, avisei que ia ajudá-la com a louça mais tarde, então perguntei aos meus pais se poderia ir até a casa de Cal. Por sorte, disseram que sim.

Começou a nevar novamente conforme me afastei de casa no Das Boot. É claro que ainda estava chateada com tudo o que Hunter me contara, mas tentei não deixar aquilo afetar minha direção. Os limpadores empurravam grandes arcos de neve para fora do para-brisa, e os faróis do carro iluminavam milhares de flocos que serpenteavam do céu. Era lindo, silencioso e solitário.

Woodbane. Quando chegasse em casa esta noite, iria ler o livro que Alyce me dera. Mas, primeiramente, tinha que ver Cal.

Sobre a grande entrada de carros em formato de U da casa de Cal, havia outro automóvel além de seu Explorer dourado; um carro pequeno e verde que eu não reconhecia. Caminhei pela superfície coberta de neve, sentindo o gelo sendo esmagado pela sola do meu sapato. Os largos degraus de pedra haviam sido limpos da neve, e salgados. Apressei-me sobre eles e toquei a campainha.

O que diria se Selene atendesse à porta? Da última vez que a vira, estava em sua biblioteca particular, basicamente roubando um de seus livros. Por outro lado, o livro era meu por direito. E ela *havia* permitido que eu ficasse com ele.

Vários segundos se passaram, e não havia qualquer sinal de agitação do lado de dentro, ao menos nada que se pudesse ouvir. Comecei a ficar com frio. Talvez devesse ter ligado antes de vir, pensei. Toquei a campainha mais uma vez, então lancei meus sentidos para ver quem estava lá, mas a casa era uma fortaleza. Não recebi qualquer resposta. Então, algo me ocorreu: estava enfeitiçada, deliberadamente fechada à mágicka.

Os flocos de neve se reuniam em meu cabelo comprido, como se vestisse uma capa de renda que derretia lentamente sobre minhas bochechas e pálpebras. Toquei novamente, sem muita certeza. Talvez eles estivessem ocupados. Ou recebendo visitas. Talvez estivessem fazendo um círculo, ou trabalhando com mágicka ou dando uma festa... Mas, finalmente, a grande e pesada porta de madeira se abriu.

— Morgana! — exclamou Cal. — Nem senti você chegando. Parece estar congelando, vamos, entre. — Ele me conduziu para dentro do salão de entrada e passou a mão pelos meus cabelos úmidos e gelados.

O som de passos leves atrás dele fez com que me afastasse rapidamente, então levantei o olhar e vi Sky Eventide.

Olhei em direção a ela e pisquei. Estava de rosto fechado, o que me fez ponderar sobre o que eu teria interrompido. Será que Cal a convidara aqui para perguntar sobre seu coven e meu cabelo? Olhei para ele, buscando sinais de irritação ou desgaste, mas ele parecia leve e confortável.

— Deveria ter ligado antes — falei, desviando o olhar de Cal para Sky. — Não quis interromper nada.

Diga-me o que estou interrompendo, pensei, e Sky estendeu o braço em direção a seu pesado casaco de couro. Ela era linda e exótica. Perto dela, sentia-me tão empolgante quanto um camundongo marrom. Havia uma pontada de ciúmes em mim. Será que Cal a achava atraente?

— Tudo bem — disse Sky, fechando o zíper do casaco. — Já estava de saída. — Seus olhos negros perscrutaram os de Cal, fixando-se ali por um instante. — Lembre-se do que falei — alertou-o, ignorando minha presença. As palavras pareciam portar um quê de ameaça, mas Cal apenas riu.

— Você se preocupa demais. Relaxe — acalmou-a alegremente, mas Sky apenas fitou-o.

Assisti-a abrir a porta da frente e sair, sem se importar com despedidas. Havia algo estranho acontecendo ali, e eu precisava descobrir o que era.

— O que foi isso? — perguntei, sem rodeios, ao que Cal balançou a cabeça, sorrindo.

— Esbarrei nela mais cedo e disse que queria conversar sobre o que estaria tramando com seu novo coven. Então ela veio até aqui; mas no único intuito de ser porta-voz de Hunter — explicou, puxando meu casaco de sobre meus ombros. Ele o pendurou em uma cadeira de encosto alto e pegou minha mão, esquentando-a. — Ei, tentei ligar para você há alguns minutos, mas o telefone estava ocupado.

— Alguém devia estar na linha — chutei, franzindo a testa. Estava tentando mudar de assunto? — Que tipo de recado Sky tinha para você?

— Estava me alertando — respondeu, tranquilamente.

Ainda segurando minha mão, ele me conduziu por uma passagem de portas duplas de madeira escura que levava a um espaçoso salão de visitas. Havia uma enorme lareira de pedras acesa, à frente de um sofá de azul profundo. Cal sentou-se e me puxou para que me acomodasse ao seu lado.

— Alertando? — pressionei, e Cal suspirou.

— Basicamente, Hunter está atrás de mim, e Sky me disse que deveria ficar alerta. Só isso.

Franzi a testa em direção ao fogo. Normalmente, o calor e o brilho das chamas me acalmavam; mas não agora.

— Por que Hunter estaria atrás de você?

— É... — hesitou — algo meio particular.

— Mas por que Sky veio te avisar? Não está com ele?

— Sky não sabe o que quer — respondeu ele, de forma enigmática.

Cal não se barbeava há algum tempo, e a sombra da barba rala em seu rosto o fazia parecer mais velho. Mais sexy também. Ele ficou quieto por alguns instantes, então se inclinou em minha direção, de forma que podia sentir o calor do seu corpo desde meu ombro até a cintura. Fui tomada por uma memória: como me sentia quando me deitava ao seu lado, o beijava intensamente, conforme suas mãos me tocavam e eu o tocava de volta. Mas não podia me deixar distrair naquele momento.

— Quem *é* Hunter? — questionei.

— Não quero falar sobre ele — esquivou-se Cal, com uma careta.

— Bem, ele foi me visitar hoje.

— O quê? — O choque tomou conta de seus olhos dourados, e pude ver algo mais ali, também. Preocupação, talvez. Preocupação *comigo*.

— O que é o Conselho Internacional de Bruxos? — continuei pressionando.

Cal afastou-se de mim, então suspirou resignadamente. Depois, recostou-se ao sofá e assentiu com a cabeça.

— É melhor que me conte logo tudo — pediu ele.

— Hunter foi até minha casa e falou que sou uma Woodbane. — As palavras escoaram de minha boca como se uma represa houvesse rompido dentro de mim. — Disse que *você* é um Woodbane, e que ele era seu irmão. Falou que estou caminhando em direção ao perigo, e que fazia parte do Conselho Internacional de Bruxos.

— Não acredito nisso — rosnou Cal. — Sinto muito. Vou me certificar de que ele deixe você em paz daqui em diante — assegurou, então fez uma pausa, como se para juntar os pensamentos. — Enfim, o Conselho Internacional de Bruxos é exatamente o que parece ser. Uma congregação de bruxos do mundo inteiro. É algo como um governo, embora não seja muito claro o que governam. Como se fossem os anciões de um vilarejo, sendo que o vilarejo consiste em todos os bruxos de todas as partes. Acho que representam uns 67 países.

— E o que eles fazem?

— Antigamente, costumavam resolver disputas de terra, guerras entre clãs, casos de mágicka sendo usada contra outras pessoas — elucidou. — Agora, basicamente tentam definir regras sobre o uso apropriado de mágicka e tentam consolidar o conhecimento mágicko.

Balancei a cabeça, sem conseguir entender aquilo direito.

— E Hunter é parte do Conselho?

— Ele diz ser — respondeu, dando de ombros. — Acho que está mentindo, mas quem sabe? Talvez eles estejam mesmo precisando bastante de novos membros. — Cal deu uma risada seca. — Hunter está mais para um bruxo de segunda classe com devaneios de grandeza.

— Devaneios, sem dúvida — murmurei, lembrando-me de como Hunter declarara que seu resfriado era efeito de um feitiço. Aquilo era tão obviamente ridículo que talvez devesse esquecer tudo o que ele dissera, de uma vez. Mas, por algum motivo, não conseguia.

Cal lançou-me um olhar.

— Ele falou que você é uma Woodbane?

— Falou — aleguei, friamente. — Então fui para o quarto e encontrei essa informação no LDS de Maeve. Eu *sou* uma Woodbane. Todo o clã dos Belwicket era. Você sabia disso?

Cal não respondeu, a princípio. Em vez disso, parecia pesar minhas palavras. Então voltou o olhar para a lareira.

— Como se sente em relação a isso? — perguntou, por fim.

— Mal — admiti. — Teria bastante orgulho de ser uma Rowanwand, ou qualquer outra coisa. Mas ser uma Woodbane... é como descobrir que venho de uma longa linhagem de bandidos e vagabundos. Pior, até. Bem pior.

— Não é não, meu amor — rebateu Cal, rindo e olhando para mim. — Não é tão ruim assim.

— Como pode dizer isso?

— É simples — alegou, com um sorriso. — Hoje em dia não é nada demais. Como já expliquei, as pessoas têm uma visão preconceituosa dos Woodbane, mas ignoram todas as suas qualidades, como força, lealdade e poder, além da busca pelo conhecimento.

— Você não sabia que eu era uma Woodbane? — perguntei, encarando-o. — Tenho certeza de que sua mãe sabe.

— Não — constatou, balançando a cabeça em negativa —, não sabia. Não li o livro de Maeve, e minha mãe nunca o discutiu comigo. Escute, descobrir que é uma Woodbane não é uma coisa ruim. É melhor do que não saber a qual clã pertence. Melhor do que ser mestiça. Sempre achei que os Woodbane carregavam uma má reputação; quero dizer, baseada em preconceitos e fatos distorcidos.

Tornei a olhar para o fogo.

— Ele disse que vocês também são Woodbane — sussurrei.

— Não sabemos o que somos — confessou, baixinho. — Minha mãe já pesquisou bastante, porém não há nada muito conclusivo. Mas, se fôssemos, isso teria importância para você? Deixaria de me amar?

— É claro que não importaria.

As chamas estalavam vividamente diante de nós, e descansei a cabeça nos ombros de Cal. Por mais chateada que estivesse, começava a sentir-me melhor. Tirei os sapatos e estendi os pés na direção do fogo. As meias ficaram penduradas pelos dedos, e a sensação do calor sobre eles era deliciosa. Soltei um suspiro. Ainda tinha mais perguntas a fazer.

— Por que Hunter falou que era seu irmão?

Os olhos de Cal ficaram sombrios.

— Meu pai é um sumo sacerdote muito poderoso, e Hunter também quer ser. E ele é filho da mulher com quem meu pai se casou depois de se separar da minha mãe, então é praticamente meu meio-irmão.

— Ah — murmurei, engolindo em seco e fazendo uma careta. — Sinto muito por isso.

— É. Eu também sinto. Queria nunca o ter conhecido.

— Como foi isso? — arrisquei.

— Em uma convenção, há dois anos.

Comecei a gargalhar, surpresa.

— Uma convenção de bruxos?

— Aham — confirmou, rindo um pouco. — Conheci Hunter, e ele me contou que éramos irmãos, com apenas seis meses de diferença. O que significaria que meu pai deliberadamente engravidara outra mulher enquanto minha mãe estava grávida de *mim*. Odiei Hunter por aquilo. Ainda não quero acreditar. Então, independentemente do que ele diga, eu assumo que o pai dele é outra pessoa, não o meu. Não consigo aceitar que meu pai, por mais que seja um babaca completo, tenha feito aquilo. — Cal passou o braço pelos meus ombros, e apoiei o queixo sobre o peito dele, ouvindo o tamborilar firme do coração enquanto observava o fogo, sonolenta.

— É por isso que Hunter está agindo assim?

— É, acho que sim. Por algum motivo ele é... todo perverso e esquisito. Deve ter algo a ver com a infância.

Sei que não deveria odiá-lo: não é culpa dele que a vida do meu pai seja tão confusa. Mas é que ele... se divertiu em me dizer que tínhamos o mesmo pai. Como se gostasse de ter me magoado.

— Sinto muito — repeti, afagando seus cabelos encaracolados.

Cal deu um risinho pesaroso, e eu queria confortá-lo, como ele me confortara tantas vezes antes. Beijei-o com delicadeza, tentando dar-lhe um amor do qual ele poderia ter certeza. Ele praticamente ronronou em consentimento, me abraçando com mais força.

— Por que Hunter estivera aqui, na casa de sua mãe, na noite do círculo? — perguntei baixinho, quando parei para respirar.

— Gosta de manter contato conosco — respondeu Cal, em tom de ironia. — Não sei por que. Às vezes acho que gosta de nos lembrar de sua existência, de que está vivo. Gosta de esfregar isso nas nossas caras, acho.

— Argh! — exclamei, me encolhendo. — Ele é péssimo. Não sinto um pingo de pena por ele. Não consigo suportá-lo; e odeio o que ele faz com você. Se continuar o incomodando, é melhor ele tomar cuidado.

Cal sorriu.

— Hum, adoro quando você é durona.

— É sério. Vou atirar fogo de bruxo nele tão rápido que nem vai saber o que o atingiu.

Flexionei os dedos, surpresa com a violência dos meus sentimentos. Cal abriu um largo sorriso, mas falou:

— Olha, vamos mudar de assunto. — Ele me beijou, então se afastou novamente. — Tenho uma pergunta: quais são seus planos com relação a faculdade?

Franzi o cenho, sentindo-me ao mesmo tempo surpresa e estupefata.

— Não tenho certeza. Durante um tempo, achei que iria tentar o MIT, ou talvez a Cal Tech. Sabe, algo relacionado à matemática.

— CDF — provocou, mas de forma afetuosa.

— Por que quer saber? — questionei. Parecia algo estranhamente normal, após todo aquele papo sobre um Conselho de Bruxos e clãs mágickos.

— Tenho pensado em nosso futuro — confessou, e seu tom era bastante direto, relaxado. — Tenho cogitado ir à Europa no ano que vem, talvez tirar um ano só para viajar. E pensei também que, talvez, eu pudesse conseguir um lugarzinho para nós quando voltasse, e poderíamos ir para a mesma universidade.

Meus olhos se arregalaram, em choque.

— Você quer dizer... *morar juntos?* — sussurrei.

— Sim, morar juntos — confirmou, lançando-me um meio-sorriso, como se estivesse falando sobre fazermos o dever de casa juntos, ou ir ao cinema. — Quero ficar com você. — Ele afastou o rosto e olhou profundamente em meus olhos. — Ninguém jamais quis me proteger antes, como você faz.

Minha respiração acelerou com aquele pensamento. Rindo, pulei em cima dele, derrubando-o no sofá. A intenção era de beijá-lo, mas acabamos caindo ruidosamente no chão.

— Ai — resmungou ele, acariciando a cabeça. Então sorriu, e eu o beijei.

Contudo, na mesma hora, vislumbrei o antigo relógio de pêndulo, e meu humor despencou. Estava ficando tarde. Meus pais começariam a ficar preocupados.

— Preciso ir — falei, relutante.

— Algum dia, você não precisará ir embora — prometeu.

Então eu estava vestindo o casaco, derretendo de felicidade, e Cal estava me levando até o carro. Só fui reparar no frio quando já estava praticamente em casa.

13

O Lado Negro

Litha, 1996

Até agora, minha vida tinha sido inverno. Porém, na noite passada, em minha iniciação, a primavera rompeu o gelo. Foi mágicko. Tia Shelagh e tio Beck lideraram o ritual. Os anciões do coven se juntaram ao nosso redor. Eles me vendaram e me deram vinho para beber. Fui testado e respondi da melhor forma que pude. Em minha cegueira, fiz um círculo, desenhei runas e lancei meus feitiços. O calor da noite de verão fora expulso pelas correntes geladas do mar do Norte que soprava sobre a costa. Alguém segurou a ponta afiada de uma adaga contra meu olho direito e me ordenou que desse um passo à frente. Tentei me lembrar se já havia visto algum membro do coven com o olho ferido, e não consegui, então dei um passo decidido; a ponta da lâmina desapareceu.

Cantei minha canção de iniciação sozinho, no escuro, sentindo o peso da mágicka sobre mim, e os pés tropeçando nos urzes que encobriam a península. Cantei minha canção, e a mágicka veio até mim e me ergueu. Senti-me enorme, poderoso e explodindo de alegria e conhecimento. Então, retiraram a venda, e a iniciação estava completa.

Era um bruxo e um homem totalmente formado aos olhos da arte. Bebemos vinho, e abracei a todos; até mesmo ao tio Beck, e ele me abraçou de volta e disse estar orgulhoso de mim. Minha prima Athar me provocou, mas eu apenas sorri para ela. Mais tarde, fui atrás de Molly F. e dei-lhe um beijo de verdade, e ela me empurrou para longe e ameaçou contar à tia Shelagh.

Acho que não era tão homem quanto pensava.

— Giomanach

Na sexta-feira, quando acordei, restos de sonhos perturbadores flutuavam em minha mente, como bandeiras rasgadas. Espreguicei diversas vezes, tentando despertar daquele transe; e então os sonhos desapareceram, e eu não fazia ideia de como haviam sido: não restaram imagens nem emoções claras a serem interpretadas. Apenas sabia que tinham sido pesadelos.

Havia ficado acordada até tarde da noite, lendo o Livro das Sombras de Maeve e o volume sobre os Woodbane que Alyce me dera. Ainda era muito estranho saber que Maeve era minha mãe biológica, e, agora, que também era uma Woodbane. Por toda a vida, sempre me senti um pouco diferente de minha família, e perguntava-me o porquê daquilo. O esquisito era que, agora que conhecia minhas origens, sentia-me mais como uma Rowlands, e menos como uma bruxa irlandesa.

Só de olhar pela janela, já conseguia dizer que estaria frio e desagradável do lado de fora. E eu estava enrolada em minha cama, com um filhotinho de gato completamente adorável, ao meu lado profundamente adormecido.

Ou seja, não havia a menor chance de me levantar.

— Morgana, você tem que correr! — gritou Mary K., freneticamente. Um segundo depois, ela entrou correndo no quarto e puxou o cobertor. — Temos dez minutos para chegar ao colégio, e está nevando, e não posso ir de bicicleta. Vamos logo!

Droga, pensei, desistindo. Algum dia, teria que realmente agir de acordo com meu desejo de matar aula.

Chegamos bem na hora em que o último sinal tocava, e entrei de fininho na sala de aula, exatamente no momento em que a chamada chegava ao meu nome.

— Presente! — ofeguei, desnecessariamente, sentando-me em minha carteira.

Tamara me deu um sorrisinho, e, na mesma hora, saquei uma escova e comecei a desembaraçar o cabelo. Do outro lado da sala, Bree conversava com Chip Newton. Pensei em Sky e Raven e no coven delas, e sobre Sky contando-lhes sobre o lado negro. Ainda não tinha uma ideia clara do que seria o lado negro, exceto por alguns vagos parágrafos em meus livros sobre Wicca. Teria que pesquisar mais. Precisaria terminar de ler o livro sobre os Woodbane que Alyce me dera. Cal contara-me que não havia um lado negro *per se*, apenas o círculo da Wicca. Talvez eu devesse perguntar a Alyce sobre isso.

Lancei um olhar na direção de Bree, como se a encarar fosse me dizer o que ela estava planejando ou pensando. Eu costumava poder olhá-la nos olhos e saber exatamente o que se passava com ela; e também mostrar exatamente o que se passava comigo. Aquilo não acontecia mais. Falávamos línguas diferentes, agora.

* * *

Foi um dia esquisito.

Na escola, Matt não me dirigira o olhar. Jenna parecia nervosa. Cal estava bem, é claro; ambos sabíamos que tínhamos alcançado um novo estágio de proximidade. Fizéramos planos para o futuro. Sempre que nos víamos, sorríamos um para o outro. Para mim, ele era um raio de luz. Robbie estava sendo ele mesmo, o que era reconfortante; e era interessante ver como garotas que nunca repararam nele, agora se esforçavam para conversar com Robbie, passar por perto e salpicar perguntas sobre dever de casa e problemas com xadrez e qual o tipo de música que ele gostava. Ethan e Sharon ainda se provocavam, flertando um com o outro.

Contudo, sentia-me à flor da pele o dia todo, por algum motivo. Não dormira o suficiente e ainda tinha perguntas demais ricocheteando no cérebro. Não conseguia relaxar e prestar atenção na aula. Em minha mente, ficava repassando o que havia lido no livro de Maeve. Então, meus pensamentos voavam para o comportamento bizarro de Hunter — e depois para estar deitada com Cal em frente à lareira de sua casa, sentindo-me tão repleta de amor por ele. Por que não conseguia me concentrar? Precisava ficar sozinha, ou melhor ainda, sozinha com Cal; para meditar e canalizar minha energia.

Depois da aula, esperei Cal perto do seu carro. Ele conversava com Matt, e me perguntei sobre o que falavam. Matt emanava desconforto, mas assentia com a cabeça. Cal parecia estar fazendo com que se sentisse melhor. Que bom. Mas também desejei que ele estivesse dizendo-lhe que não era nada legal ele estar de rolo com Raven pelas costas de Jenna.

Finalmente, Cal me viu e veio a passos largos em minha direção, então me abraçou contra o carro. Estava ciente da presença de Nell Norton, passando por ali com cara de inveja, e gostei daquilo.

— O que vai fazer agora? — perguntei. — Podemos ficar juntos?

— Queria poder — respondeu ele, enchendo a mão com meus cabelos e beijando-me na testa. — Minha mãe vai receber umas pessoas de fora da cidade e quer que eu as encontre. Membros de seu coven antigo em Manhattan.

— Quantos covens ela já teve? — questionei, curiosa.

— Hum, deixe-me ver — ponderou, contando em silêncio. — Acho que oito. Ela forma covens em lugares novos e se certifica de que estão bem fortes, então treina alguém para ser o novo líder, e, quando estão prontos, ela segue para outra cidade. — Cal sorriu para mim. — Ela é tipo o Johnny Appleseed da Wicca.

Eu ri. Cal me beijou novamente e entrou no carro, então me dirigi para o Das Boot. Um utilitário desacelerou ao meu lado, e alguém abaixou a janela.

— Vou para casa com Jaycee! — avisou Mary K. de dentro do carro, acenando, e devolvi o gesto.

Vi Robbie sair com seu carro, e mais à frente, Bree entrou em seu BMW e foi embora. Desejei saber aonde estaria indo, mas não tinha energia física nem emocional para segui-la.

Em vez disso, fui à Red Kill.

* * *

A Mágicka Prática tinha cheiro de vapor de chá e velas queimando. Entrei na loja e me senti relaxada pela primeira vez desde que me forcei a levantar da cama, naquela manhã.

Por um momento, apenas fiquei parada ali dentro, aquecendo-me e sentindo o peito expandir e os dedos descongelarem. O cabelo estava levemente úmido por causa da neve, e balancei a cabeça para secá-lo. David ergueu os olhos do balcão do caixa e fitou-me com toda sua atenção. Não sorriu, mas, de alguma forma, passou a impressão de que estava feliz em me ver. Talvez eu finalmente estivesse acostumada a ele, pois sentia como se estivesse encontrando um velho amigo. Não havia sentido uma conexão instantânea com ele, como acontecera com Alyce, e não sabia ao certo o porquê. Mas talvez estivesse superando aquilo.

— Olá, Morgana — cumprimentou. — Como vai?

Pensei por um instante, então balancei a cabeça em negativa, com um sorriso cansado no rosto.

— Não sei.

David assentiu, então atravessou uma cortina nos fundos do balcão, revelando um aposento pequeno e amontoado. Vi uma mesinha surrada com três cadeiras, uma simples geladeira enferrujada e um fogareiro de duas bocas. Uma chaleira já estava ali, começando a apitar. Estranho, pensei. Será que sabia, de alguma forma, que eu estava a caminho?

— Você parece estar precisando de um chá — constatou.

— Chá seria uma boa ideia — concordei, com sinceridade, decidindo aceitar a amizade que David parecia oferecer. — Obrigada. — Enfiei as luvas no bolso e olhei ao meu redor. Não havia mais ninguém ali. — Dia fraco?

— Tivemos alguns clientes pela manhã — respondeu, por trás da cortina. — Mas tem sido uma tarde calma. Gosto quando é assim.

Eu me perguntei se eles conseguiam ganhar algum dinheiro com aquilo.

— Hum, quem é o dono da loja? — indaguei.

— Minha tia Rose, na verdade. Mas agora ela está muito velha e não aparece mais com muita frequência. Venho trabalhando aqui há anos, intermitentemente. Desde que terminei a faculdade.

Ouvi o tilintar de colheres em louça, e então David esgueirou-se pela cortina de volta ao balcão, carregando duas xícaras fumegantes e passando uma delas para mim. Aceitei-a, agradecida, inalando a fragrância incomum.

— Obrigada. Que tipo de chá é este?

— Diga-me você — falou, abrindo um sorriso e tomando um pouco de sua xícara.

Fitei-o, incerta, e ele apenas esperou. Aquilo era um teste? Sentindo-me encabulada, fechei os olhos e respirei fundo. O chá tinha vários aromas que se fundiam em um só, e eu não conseguia identificar nenhum deles.

— Não sei — admiti.

— Sabe sim — encorajou, baixinho. — Apenas tente escutá-lo.

Mais uma vez, fechei os olhos e inalei, e dessa vez tentei me esquecer de que aquilo era chá em uma xícara.

Foquei-me no aroma, nas qualidades portadas pelo vapor da água. Lentamente, inspirei e expirei, apaziguando meus pensamentos e relaxando a tensão. Quanto mais me acalmava, mais me sentia parte do chá. Em minha mente, pude ver o vapor suave subindo e dançando à minha frente, dissolvendo-se na mais gentil lufada de ar.

Fale comigo, pensei. Mostre-me sua natureza.

Então, enquanto assistia àquilo em minha mente, o vapor fez uma espiral e se dividiu em quatro correntes, como tecido desfiando-se. Com a próxima respiração, me vi sozinha em um prado. Estava ensolarado e quente, e estiquei a mão para tocar em uma flor cor-de-rosa, perfeita e arredondada. Sua fragrância pesada fez cócegas no meu nariz, e banhou-me em sua beleza.

— Rosas — sussurrei.

David permaneceu calado.

Virei-me na direção do próximo fio de vapor e o segui, vendo-o ser cavado diretamente do solo, com a terra escura agarrando-se à pele áspera. Fora lavado e descascado e, quando sua carne rosada fora ralada, emanou uma forte pungência.

— Ah, gengibre — listei, fazendo que sim com a cabeça.

O terceiro fio vinha de fileiras e mais fileiras de plantas rasteiras de um verde prateado, cobertas de flores roxas. Mais abelhas do que jamais havia visto zumbiam sobre as plantas, criando uma manta viva e vibrante de insetos. O sol quente, a terra negra e o rumor constante encheram-me de um contentamento embriagado.

— Lavanda.

O último fio era um aroma mais amadeirado, menos familiar; e também menos bonito. Era uma planta rasteira, de folhas enrugadas, com finos talos de flores em miniatura. Esmaguei algumas das folhas na mão e as cheirei. Era terroso e diferente, quase desagradável. Porém, quando entrelaçado com os outros três aromas, formava algo lindamente balanceado: adicionava força à doçura das flores e temperava o cheiro picante do gengibre.

— Quero dizer escutelária — arrisquei. — Nas não tenho certeza do que isso é.

Abri os olhos, e David estava me observando.

— Muito bom — assentiu. — Muito bom mesmo. A escutelária é uma planta perene. Seus caules, quando estão florindo, ajudam a diminuir a tensão.

Àquela altura, o chá já havia esfriado um pouco, e tomei um gole. Não senti tão bem os sabores propriamente ditos; tinha a percepção de estar bebendo as diferentes essências, permitindo que elas me aquecessem e me infundissem com suas qualidades curandeiras, calmantes e apaziguantes. Sentei-me em um banquinho próximo ao balcão. Então, sem aviso, todos os aspectos mal resolvidos de minha vida vieram à tona e me fizeram sentir que estava sufocando novamente. Matt e Jenna, Sky e Bree e Raven, Hunter, ser uma Woodbane, Mary K. e Bakker... era tudo esmagador. A única coisa que ia bem era Cal.

— Às vezes sinto que não sei de nada. — Eu me ouvi desabafar. — Só queria que as coisas fossem mais diretas. Mas elas e as pessoas têm todas essas diferentes camadas. Assim que conhece uma, outra aparece por baixo, e você tem que começar tudo de novo.

— Quanto mais aprende, mais precisa aprender — concordou David, calmamente. — É assim que a vida é. E a Wicca. E você.

— O que quer dizer? — questionei, olhando para ele.

— Você achou que se conhecia, então descobriu uma coisa, e depois outra. Isso muda toda a forma como se vê, e como vê os outros em relação a você. — David soava bastante certo do que dizia.

— Você quer dizer "você" do tipo, as pessoas, ou está falando de mim, especificamente? — argumentei, com cautela.

Do lado de fora, o enfraquecido sol da tarde desistiu de sua batalha e escondeu-se atrás de uma massa de nuvens cinzentas. Podia enxergar a forma desajeitada do Das Boot, estacionado em frente à entrada da loja, e vi que já estava coberto por pelo menos 2 centímetros de neve e pequenos flocos de gelo.

— Todo mundo é assim — constatou, com um sorriso —, mas estava falando de você em particular.

Pisquei, sem entender de fato. David dissera certa vez que eu era uma bruxa que fingia não ser bruxa.

— Ainda acha que finjo não ser bruxa?

Ele não pareceu se importar com o fato de eu saber o que ele dissera.

— Não. — David hesitou, construindo os pensamentos. Então olhou para mim, com firmeza em seus olhos escuros. — Quero dizer que você não se apresenta com clareza para os outros, pois não tem certeza de quem ou *o quê* é. Soube que era um bruxo a vida inteira; 32 anos. E também sempre soube... — Ele pausou novamente, como se estivesse decidindo sobre o que dizer. Então, falou baixinho: — Sou um Burnhide. Não é apenas quem sou, mas o que sou. Sou a mesma coisa por dentro e por fora. Você é diferente, pois só recentemente descobriu...

— Que sou Woodbane? — interrompi.

— Estava prestes a dizer — continuou, encarando-me — que sequer sabia que era bruxa. Mas agora sabe que é uma Woodbane. Mal começou a entender o que isso significa para você, então é quase impossível que projete o que isso deve significar para outras pessoas.

Assenti. Estava começando a fazer sentido.

— Alyce me disse que vocês dois eram bruxos de sangue, mas não sabia seus clãs. Você é um Burnhide?

— Sou. Os Burnhide se instalaram majoritariamente na Alemanha. Minha família é de lá. Sempre fomos Burnhide. Dentre todos os bruxos de sangue, o clã a que pertence é considerado um assunto privado. Tanta gente perdeu todo o conhecimento sobre suas casas que, hoje em dia, a maioria das pessoas diz que não sabe seus clãs até que conheça alguém bem o suficiente.

Senti-me grata por ele ter confiado em mim.

— Bem, eu sou Woodbane — falei, com estranheza.

— É bom saber o que é — comentou, abrindo um sorriso desprovido de preconceitos. — Quando mais você sabe, mais você sabe.

A frase me fez rir, e tomei mais um pouco do chá.

— Existe alguma forma de realmente identificar os clãs? — perguntei, após alguns instantes. — Li que os Leapvaughn tendem a ter o cabelo ruivo.

— Não é algo incrivelmente confiável — respondeu.

O telefone tocou, e David inclinou a cabeça em concentração por um momento, então não atendeu. Da salinha, pude ouvir a secretária eletrônica pegando a ligação.

— Por exemplo — continuou —, muitos dos Burnhide têm os olhos escuros, e vários tendem a ficar grisalhos cedo. — Ele apontou para o próprio cabelo prateado. — Mas isso não significa que toda pessoa de olhos escuros e cabelo grisalho seja um Burnhide, ou que todo Burnhide tenha tal aparência.

Um pensamento me ocorreu.

— E quanto a isto? — indaguei, e ergui a camisa para mostrar-lhe a marca de nascença que tenho na lateral do corpo, embaixo do braço direito. Minha necessidade de conhecimento falou mais alto do que a vergonha.

— Sim, é o *athame* dos Woodbane — concluiu David. — A mesma coisa. Nem todos de vocês têm essa marca.

De certa forma, era chocante ouvir de forma tão casual que eu havia sido marcada por toda a vida com o símbolo de um clã, e que eu nunca soubera daquilo antes.

— E quanto... ao Conselho Internacional de Bruxos? — emendei, seguindo uma linha de pensamentos em minha cabeça.

A sineta de cobre sobre a porta tocou, e duas garotas mais ou menos da minha idade entraram. Sem ter decidido deliberadamente o fazer, lancei meus sentidos e percebi que elas pareciam não-mágickas: apenas garotas. Elas caminharam lentamente pela loja, murmurando e rindo enquanto olhavam os produtos.

— É um conselho independente — explicou David, de forma suave. — Foi criado para representar todos os clãs modernos. Existem centenas e centenas deles que não são afiliados a nenhuma das sete casas. Sua principal função é monitorar e, às vezes, punir o uso ilegal de mágicka... Mágicka usada para se fortalecer às custas de outros, por exemplo, ou para interferir na vida de outra pessoa sem seu conhecimento ou permissão. Mágicka feita para prejudicar.

Franzi a testa.

— Então, eles são tipo a polícia Wicca.

— Há quem os enxergue dessa forma, sem dúvidas — falou, erguendo as sobrancelhas.

— Como sabem se alguém está usando mágicka pelas razões erradas? — interpelei.

Atrás de nós, as garotas deixaram o corredor de livros, e agora estavam se espantando sonoramente com a diversidade de belíssimas velas artesanais que havia na loja. Fiquei esperando para ouvir o momento em que encontrassem as velas em formato de pênis.

— Ai, meu Deus — sussurrou uma das garotas, e eu abri um sorriso.

— Existem bruxos no conselho especializados em buscar esse tipo de pessoa — explicou David. — Nós os chamamos de Perseguidores. Seu trabalho é investigar denúncias de mágicka negra ou mau uso de poder.

— Perseguidores?

— Isso. Só um segundo, posso contar-lhe mais sobre eles. — David agachou-se por baixo do balcão e caminhou até o corredor de livros. Pausou por um momento em frente a uma prateleira, então escolheu um volume velho e gasto, e o pegou. Já estava folheando as páginas quando voltou até mim. — Aqui, escute isso.

Fiquei observando enquanto ele começava a ler, e bebi o meu chá.

— "Entristece-me dizer que há aqueles que não concordam com a sabedoria e o propósito do Alto Conselho. Existem clãs que desejam permanecer separados, segregados e ilhados de seus iguais. Certamente, ninguém pode culpar um clã por resguardar conhecimento privado. Todos concordamos que os feitiços, a história e os rituais de um clã pertencem somente a eles próprios. Porém, nestes tempos modernos, vimos ser prudente nos unir, dividir o máximo possível e criar uma sociedade em que possamos participar integralmente e celebrar com outros de nossa espécie. Este é o propósito da Comunidade Internacional de Bruxos."

David fez uma pausa, então olhou para mim.

— Parece-me algo positivo — falei.

— É — concordou, porém, havia um tom esquisito em sua voz. Seus olhos se voltaram para o livro. — "É inevitável questionar aqueles que se negam a participar, que trabalham contra nosso objetivo e usam a mágicka que o conselho condena. No passado, tal abjuração foi a ruína de incontáveis bruxos. Há pouca força em se isolar, e pouca alegria na mágicka não santificada. É por isso que temos os Perseguidores."

Havia algo na forma com que ele dizia *perseguidores* que me fazia arrepiar.

— E o que eles fazem, exatamente? — pressionei.

— "Perseguidores são membros do conselho que foram selecionados para encontrar bruxos que se afastaram para longe do nosso domínio" — continuou. — "Se eles encontram bruxos que estão ativamente trabalhando contra o conselho, ou para prejudicar a si mesmos ou aos outros, lhes foi dada a permissão para agir contra estes. É melhor que policiemos a nós mesmos, de dentro, antes que o restante do mundo decida novamente nos policiar de fora." — David fechou o livro e me encarou mais uma vez. — Essas são as palavras de Birgit Fallon O'Roark. Ela fora a suma sacerdotisa do Alto Conselho desde a década de 1820 até os anos 1860.

Meu chá estava começando a esfriar, então o terminei em uma grande golada, repousando a xícara sobre o balcão depois disso.

— O que os Perseguidores fazem se encontram bruxos trabalhando contra o conselho?

— Normalmente, lançam feitiços de aprisionamento — disse David, com um olhar perturbado. Sua voz parecia tensa, como se aquelas palavras, por si só, fossem dolorosas de se pronunciar. — De forma que a pessoa não consiga mais usar mágicka. Existem coisas que se pode fazer, certas ervas ou minerais que podem fazer as pessoas ingerirem... e nunca mais conseguem entrar em contato com sua mágicka interna.

Um vento gelado pareceu passar por mim, e meu estômago revirou.

— Isso é ruim?

— É muito ruim — enfatizou David. — Ser mágicko e não poder usar sua mágicka... é como sufocar. Como ser queimado vivo. É suficiente para enlouquecer alguém.

Pensei em Maeve e Angus vivendo nos EUA por anos, renunciando a seus poderes. Como superaram aquilo? O que os fizera agir dessa forma? Pensei em meu sonho sufocante, em como havia sido intolerável. Será que o dia a dia deles sem Wicca era assim?

— Mas, se estiver abusando de seu poder, um Perseguidor virá atrás de você mais cedo ou mais tarde — comentou, balançando a cabeça em negativa, quase como se para si próprio. Seu rosto pareceu mais envelhecido, marcado por memórias sobre as quais acho que preferia não saber.

— Hum — sussurrei.

Do lado de fora, já estava escuro, e me perguntei com quem Cal iria se encontrar àquela noite, e se iria me ligar mais tarde. Ponderei se Hunter era mesmo do conselho. Ele mais parecia com um dos bruxos maus atrás de quem o conselho mandaria um Perseguidor.

Perguntei-me se Maeve e os outros de Belwicket tiveram sucesso em renunciar ao lado negro. Será que ele se permitia ser renunciado?

— Existe um lado negro? — Minhas palavras foram hesitantes, e pude sentir David se afastar ao ouvi-las.

— Ah, sim — respondeu ele, suavemente. — Sim, existe um lado negro.

Engoli em seco, pensando em Cal.

— Alguém me disse que não havia isso; que a Wicca era um círculo, e que tudo estava conectado, como parte de um todo. Isso significa que não haveria dois lados, como luz e escuridão.

— Isso também é verdade. — David soava pensativo. — Costumamos dizer branco e negro quando nos referimos à mágicka sendo usada para o bem ou para o mau; para dar-lhe um nome comum.

— Então são duas coisas diferentes? — insisti.

Lentamente, David passou o dedo pela borda circular de sua xícara.

— Sim. São diferentes, mas não opostas. Frequentemente, são muito próximas uma da outra, muito similares. Tem a ver com filosofia e com a interpretação das ações das pessoas. Tem a ver com o espírito da mágicka, com desejo e intenção. — Ele ergueu o olhar até mim e abriu um sorriso. — É bastante complicado. Por isso temos que estudar a vida toda.

— Mas pode se dizer que uma pessoa está no lado negro, que é perversa e que se deve afastar dela?

Novamente, David pareceu perturbado.

— Poderia. Mas não seria o quadro completo. Há bruxos que usam a mágicka para os propósitos errados? Sim. Existem bruxos que deliberadamente ferem outros para ganho próprio? Sim. Alguns bruxos precisam ser detidos? Sim. Mas, normalmente, não é tão simples.

Parecia que nada na Wicca era simples, pensei.

— Bom, é melhor eu ir para casa — falei, afastando minha xícara sobre o balcão. — Obrigada pela conversa. E pelo chá.

— O prazer foi meu. Por favor, volte sempre que precisar conversar. Às vezes, Alyce e eu... nos preocupamos com você.

— Comigo? — perguntei. — Por quê?

Um breve sorriso apareceu no canto da boca de David.

— Porque está em processo de se tornar quem você será — explicou, baixinho. — Não vai ser fácil. Pode precisar de ajuda. Por isso, sinta-se à vontade para nos procurar.

— Obrigada — agradeci novamente, sentindo-me reconfortada, mas sem entender exatamente o que ele queria dizer.

Com um aceno de mão, deixei o calor da Mágicka Prática e sai em direção ao carro. Os pneus derraparam um pouco quando dei ré, mas logo estava na estrada de volta a Widow's Vale, com os faróis iluminando cada um dos flocos de neve, mágickos e únicos.

14

Vidência

Litha, 1996

Esta manhã, eu e tio Beck nos sentamos na beirada do desfiladeiro e observamos o nascer do Sol — minha primeira aurora como bruxo —, e ele me contou a verdade sobre meus pais. Por todos os anos desde que desapareceram, contive as lágrimas a cada momento, dizendo a mim mesmo que não sucumbisse a um pesar infantil.

Mas, hoje, as lágrimas vieram, e é estranho, pois agora se espera que eu seja um homem. Ainda assim, chorei. Chorei por eles, mas principalmente, chorei por mim; por toda a raiva que desperdicei. Agora, sei que meu tio Beck tinha boas razões para esconder a verdade, e que nossos pais tiveram que desaparecer para proteger a mim, Linden e Alwyn. Sei que tio Beck tivera notícias deles apenas uma vez, há dois anos, e que sequer tentara usar a vidência para encontrá-los.

E agora sei o porquê.

E agora também sei o que fazer comigo mesmo, para onde ir, o que serei; e é engraçado, porque é tudo em meu nome. Vou caçar *aqueles que destruíram minha família, e não vou parar enquanto não desenhar Yr nos rostos deles com seu próprio sangue.*

— Giomanach

Estava a pouco mais de 3 quilômetros de casa quando vi os faróis acesos atrás de mim. Primeiro, não havia nada, nenhum outro carro a vista. Então fiz uma curva fechada e, subitamente, as luzes surgiram no meu retrovisor, cegando-me, preenchendo meu carro como se viessem de dentro dele. Apertei os olhos e pisquei a luz de freio algumas vezes, mas quem quer que fosse não ultrapassou, nem diminuiu o farol. A claridade foi se aproximando.

Reduzi a velocidade, como se dissesse "saia de trás de mim", mas o outro carro grudou no meu para-lama, me seguindo. Uma leve fúria começou a crescer. Quem poderia estar atrás de mim dessa forma? Algum piadista, um garoto imbecil com o carro do pai? Afundei o pé no acelerador, mas o outro carro acelerou ao mesmo tempo. Os pneus derraparam levemente quando fiz outra curva fechada. Ele seguiu meus movimentos. Um formigamento de nervosismo desceu minha espinha. Meus limpadores estavam trabalhando rapidamente, sincronizando com meus batimentos e afastando a neve que caía. Não conseguia ver nenhuma outra luz na estrada. Estávamos sozinhos.

OK. Algo definitivamente estava errado. Ouvira histórias sobre ladrões de carros... mas eu dirigia um Valiant de 1971. Por mais que o amasse, duvidava que qualquer pessoa tentasse roubá-lo à força, especialmente no meio de uma tempestade de neve. O que esse idiota estava fazendo, então?

Meus olhos voaram para o retrovisor. Os faróis queimaram minhas pupilas. Pisquei, tentando limpar a visão daquele mar de pontos roxos que se formou. A raiva começou a se transformar em medo. Mal conseguia enxergar em meio àquela escuridão... exceto pela luz que parecia ficar mais forte a cada segundo que se passava. Mas, por algum motivo, não conseguia ouvir o motor do carro. Era como se fosse...

Mágicka.

A palavra deslizou por meus pensamentos, como uma cobra.

Mordi o lábio. Talvez aquilo não fosse um carro atrás de mim. Talvez aquelas duas luzes fossem alguma espécie de manifestação de força mágicka. Tive uma vívida e repentina lembrança de Hunter Niall espiando embaixo do Explorer de Cal, e do meu namorado mostrando-me a pedra com a inscrição de runa. Sabíamos que Hunter tentara usar mágicka contra nós uma vez. E se estivesse fazendo isso agora, contra mim?

Casa, pensei. Preciso chegar em casa. Virei o retrovisor para cima, para que a luz não me cegasse. Mas ainda faltavam quase 2,5 quilômetros de estrada até que eu virasse na minha rua. Era, de fato, bem longe.

— Droga — murmurei, com a voz levemente trêmula.

Com a mão direita, desenhei símbolos no painel do carro: Eolh, para proteção; Ur, para força; e Rad, para viagem...

As luzes pareceram ficar ainda mais intensas no espelho. A mão esquerda se moveu involuntariamente no volante. Na mesma hora, senti algo passar por baixo das rodas.

Antes que pudesse perceber, estava fora de controle, derrapando de lado em direção ao profundo fosso de drenagem da estrada. *Deusa!*, gritei em silêncio. Medo e adrenalina perfuraram meu corpo, como uma profusão de flechas invisíveis. Agarrei o volante com força. Havia perdido o controle do carro; os pneus guinchavam. O Das Boot escorregou no gelo e virou de lado, como um pesado iceberg.

Os próximos minutos se passaram em câmera lenta. Com um ruído nauseante, a parte da frente do carro colidiu com violência contra uma pilha de gelo e neve. Fui lançada para a frente e pude ouvir o som dos faróis se quebrando. E então, silêncio. O Das Boot não se movia mais. No entanto, por alguns segundos, fiquei ali; paralisada, sem conseguir me mexer. Tinha consciência somente da minha própria respiração. Era rápida, em golfadas descompassadas.

Tudo bem, finalmente falei para mim mesma. Não estou machucada.

Quando ergui a cabeça, pensei ter vislumbrado vagamente duas lanternas traseiras vermelhas, desaparecendo em meio à noite.

Meus olhos se apertaram. Então... *havia* sido um carro de verdade, no final das contas.

Com um suspiro trêmulo, desliguei o motor, então empurrei a porta e lancei-me para fora do carro; algo nada fácil de se fazer, considerando que O Das Boot estava inclinado em um ângulo maluco. Era difícil me concentrar, mas invoquei minha clarividência e perscrutei a estrada na direção em que o carro desaparecera. Tudo que vi, porém, foram árvores, pássaros adormecidos e a energia fraca de animais noturnos.

O carro não estava mais lá.

Recostei-me à porta do Das Boot, com a respiração pesada, sentindo os punhos fortemente cerrados dentro dos bolsos. Embora tivesse bastante certeza de que aquelas luzes não eram mágickas, o medo não cessou. Alguém havia me empurrado para fora da estrada. Meu carro estava desamparadamente afundado na vala. Um nó se formou na minha garganta. Estava prestes a ter um ataque de choro, tremendo. O que estava acontecendo? Lembrava-me das runas que desenhei no painel logo antes do acidente, e agora as redesenhei no ar gélido que me cercava. Eolh, Ur, Rad. O movimento vívido me ajudou a ficar um pouco mais calma, pelo menos o suficiente para tentar descobrir o que devia fazer.

Na verdade, só me restava basicamente uma opção. Teria que caminhar por todo o percurso até minha casa. Não tinha um telefone celular, então não poderia ligar para alguém e pedir ajuda. Tampouco tinha vontade de ficar esperando sozinha ali, no escuro, naquela estrada congelada e solitária.

Forçando a porta do motorista mais uma vez, peguei a mochila dentro do carro, e certifiquei-me de trancá-lo. Balancei a cabeça em negativa. Seria um caminho longo e desagradável até minha casa. Porém, na mesma hora em que lancei a mochila sobre os ombros, um raio fraco de luz iluminou os flocos de neve ao meu redor, e pude ouvir o suave ruído de um motor. Virei-me e vi um carro se aproximando lentamente... da mesma direção em que as luzes desapareceram.

O vislumbre de alívio que tive por um breve momento com a possibilidade de ser resgatada evaporou quando o carro parou a menos de 5 metros de mim. Os faróis não estavam tão altos, mas, até onde sabia, era o mesmo carro. Talvez a pessoa no volante tenha decidido dar meia-volta e acabar comigo, ou...

Minhas entranhas reviraram. Aquela placa, a grade da frente da BMW bege... Reconheci-o antes mesmo da janela do passageiro descer. Era o carro de Bree.

Ela olhou para mim do banco do motorista, com os olhos delineados de preto, e a pele clara e perfeita. Ficamos nos olhando em silêncio por alguns instantes, e eu esperava não parecer tão assustada e bagunçada quanto me sentia. Queria estar radiando força.

— O que aconteceu, Morgana?

Abri a boca, então a fechei novamente. Meus olhos se apertaram enquanto um pensamento horrível me atingiu. Teria sido Bree quem me empurrou em direção à vala?

Era uma possibilidade. Não havia nenhum outro carro na estrada. Ela poderia ter feito o retorno mais à frente e voltado para ver o que acontecera. Mas... Bree? Me ferir?

Lembre-se do que ouviu no banheiro, tilintou uma voz dentro de mim. *Ela deu seu cabelo a uma bruxa. Lembre-se.*

Talvez as coisas tenham mudado para sempre. Talvez Bree não gostasse mais nem um pouco de mim. Ou talvez Sky Eventide tenha mandado Bree fazer isso — uma peça para me assustar, da mesma forma como Sky a forçara a entregar um cacho do meu cabelo. Milhares de ideias martelavam dentro da minha cabeça, sofrendo para serem libertos, para serem ouvidos: Ah, meu Deus, Bree, não deixe que passem a perna em você! Estou preocupada com você. Sinto sua falta. Você está sendo uma idiota. Desculpe-me. Precisamos conversar. Não sabe o que aconteceu comigo? Sou adotada. Sou uma bruxa de sangue. Uma Woodbane. Sinto muito por Cal...

— Morgana? — insistiu, franzindo a testa.

— Passei por uma poça congelada — expliquei, pigarreando, e gesticulei desnecessariamente para o Das Boot.

— Você está bem? — perguntou, sem emoção. — Se machucou?

Balancei a cabeça em negativa.

— Estou bem.

Bree piscou os olhos.

— Quer uma carona?

Respirei fundo, então fiz que não com a cabeça mais uma vez. Não poderia entrar em seu carro. Não quando poderia ter sido ela quem me jogou para fora da estrada em primeiro lugar. Embora mal pudesse acreditar que estava tento pensamentos tão horríveis com relação a alguém que já tinha sido minha melhor amiga, não me atrevia a arriscar.

— Tem certeza? — pressionou.

— Vou ficar bem.

Sem dizer mais nada, ela subiu o vidro do carro e foi embora. Percebi que ela acelerou suavemente para não borrifar gelo ou água na minha direção.

Meu peito ardeu enquanto caminhei para casa.

* * *

Meus pais ficaram muito preocupados comigo, o que foi legal. Contei a eles que derrapara para fora da estrada em uma poça de gelo, o que, de certa forma, era verdade, mas deixei de fora a parte sobre o outro carro me seguindo. Não queria preocupá-los além do necessário. Liguei para uma empresa de reboques, que concordou em buscar o Das Boot e trazê-lo para casa ainda naquela noite. Graças à Deusa pelas companhias de seguro, pensei, e decidi pedir um celular de presente no Natal.

— Tem certeza de que não quer ir comer comida chinesa com a gente? — insistiu minha mãe, depois de se certificar de que eu havia me esquentado.

Meus pais iam encontrar com tia Eileen e Paula para passar pela frente de várias casas que estavam à venda na região, e depois iriam jantar. Voltariam tarde. Mary K. estava na casa de Jaycee, e eu tinha certeza de que ia encontrar com Bakker mais tarde.

— Tenho sim, obrigada — dispensei. — Vou ficar esperando o reboque.

Minha mãe me deu um beijo.

— Estou tão grata por você estar bem. Poderia ter se machucado — falou, e eu devolvi seu abraço.

Era verdade, percebi. Eu poderia ter saído seriamente ferida. Se aquilo tivesse acontecido em qualquer outra parte da estrada, eu teria caído por um desfiladeiro de quase 10 metros de altura. A imagem do Das Boot rolando por um penhasco rochoso e explodindo em chamas pipocou em minha mente, e tive um espasmo de horror.

Depois que meus pais saíram, coloquei uma panela de água para ferver a fim de preparar um ravióli congelado. Peguei uma Coca Diet, e o telefone tocou. Sabia que era Cal.

— Oi — cumprimentou. — Estamos fazendo uma pausa. E você?

— Preparando algo para jantar. — Era incrível: ainda me sentia um pouco trêmula, mas só ouvir a voz de Cal já fazia milagres. — Eu, er... tive um pequeno acidente.

— O que houve? — A voz dele era penetrante e repleta de preocupação. — Você está bem?

— Não foi nada — falei, bravamente. — Só derrapei na estrada e fui parar numa vala de drenagem. Estou esperando o reboque para trazer o Das Boot de volta.

— Sério? Por que não me ligou?

Sorri, sentindo-me muito melhor, enquanto despejava um punhado de ravióli na água fervente. — Acho que ainda estava me recuperando. Mas agora estou bem. Não machuquei nada, só o carro. E eu sabia que estaria ocupado, de qualquer forma.

— Da próxima vez que algo acontecer, ligue para mim imediatamente — pediu, após um instante de silêncio.

Dei uma risada. Se fosse qualquer outra pessoa, diria que estariam exagerando.

— Vou tentar não fazer isso de novo — prometi.

— Queria poder encontrar você — confessou. — Mas estamos fazendo um círculo aqui, e está quase começando. Que péssima hora. Me desculpe.

— Está tudo bem, não se preocupe tanto. — Suspirei, então mexi o conteúdo da panela. — Sabe, eu...

Deixei a frase no ar. Ia lhe contar sobre meu encontro com Bree, sobre os terríveis medos e desconfianças que tive, mas não o fiz. Não suportaria reabrir aquela ferida e permitir que todas aquelas emoções dolorosas me sobrepujassem outra vez.

— Você o quê?

— Nada — murmurei.

— Tem certeza?

— É.

— Bom, tudo bem. — Cal também suspirou. — É melhor eu ir; minha mãe está começando a preparar as coisas. Não sei até que horas isso vai, talvez não dê para ligar mais tarde. E você sabe que não atendemos ao telefone durante círculos, então também não vai conseguir me ligar.

— Sem problemas — falei. — Nos vemos amanhã.

— Ah, amanhã — alegrou-se Cal. — O famoso dia pré-aniversário. É, tenho planos especiais para amanhã.

Ri, imaginando que planos ele teria feito. Então, ele fez um barulho bobo de beijo ao telefone, e desligamos.

Jantei, sozinha e quieta. Foi tranquilizante ficar só e não ter que falar. Na sala de estar, vislumbrei uma cesta cheia de lenha ao lado da lareira. Em apenas alguns minutos, tinha uma boa chama ardendo, e peguei o LDS de Maeve no meu quarto, então me acomodei no sofá. A única tentativa de minha mãe com o crochê resultou em uma manta incrivelmente feia, do tamanho e peso de uma mula morta. Puxei-a por sobre o corpo. Em poucos instantes, Dagda estava embolado na lateral do sofá, dando pancadas de alegria com a cabeça em meus joelhos, ronronando alto e amassando-me com suas patinhas afiadas.

— Ei, coisa linda — falei, coçando atrás de suas orelhas.

Ele deitou-se no meu colo, e comecei a ler.

6 de julho de 1977

Hoje, praticarei a vidência com fogo. Minha visão de bruxa é boa, e a mágicka é forte. Já tentei com água, mas foi difícil de enxergar alguma coisa. Contei a Angus, e ele riu de mim, dizendo que eu era uma garota desajeitada, e devo ter derramado parte da água para fora do copo. Sei que estava me provocando, mas nunca mais usei água.

O fogo é diferente. Ele abre portas que nem sabia que existiam.

Fogo.

Aquela palavra tamborilou pela minha cabeça, e ergui o olhar da página. Minha mãe biológica tinha razão. O fogo *era* diferente. Eu amava o fogo desde que era pequena; o calor e o hipnotizante brilho vermelho-ouro das chamas. Adorava até mesmo o barulho que fazia quando se alimentava de madeira seca. Para mim, soava como uma risada; tanto excitante quanto assustadora, em seu apetite voraz por destruição.

Meus olhos vagaram até os troncos flamejantes. Mudei de posição cautelosamente sobre o sofá, tentando não acordar Dagda, embora aparentemente nada fosse capaz de perturbar seu sono. Encarando as chamas, deixei minha cabeça repousar sobre o encosto do sofá, e fechei o LDS. Estava cem por cento confortável.

Decidi tentar praticar a vidência.

Primeiro, liberei todos os pensamentos que circulavam meu cérebro, um por um. Bree, vendo-me parada na neve ao lado da estrada. Hunter. Seu rosto era difícil de apagar, e, quando o vislumbrava, eu ficava furiosa. Repetidas vezes o vi, com a silhueta ressaltando-se contra um céu cor de chumbo, os olhos verdes parecendo reflexos de campos irlandeses, emanando ondas de arrogância.

Minhas pálpebras se fecharam. Respirei lentamente. A tensão foi se esvaindo de cada músculo no meu corpo. Conforme me sentia cair de forma mais intensa em um estado de deliciosa concentração, tornava-me mais e mais ciente dos meus arredores: o coraçãozinho de Dagda batendo rapidamente enquanto ele dormia e a alegria extasiante do fogo ao consumir a madeira.

Abri os olhos.

A lareira havia se transformado em um espelho.

Ali, em meio às chamas, vi meu próprio rosto, olhando-me de volta: o comprido véu de cabelo castanho e o gato em meu colo.

O que quer saber?, sussurrou a lareira para mim. Sua voz era rouca e sibilante; sedutora, porém esguia, esvaindo-se em cachos acres de fumaça.

Não entendo nada, respondi. Meu rosto estava sereno, mas a voz, baixinha, chorava de frustração. *Não entendo nada.*

Então, uma cortina de fogo se abriu. Vi Cal, andando por um campo de trigo, tão dourado quanto seus olhos. Belo e divino, ele acenou com a mão, e parecia que estava me oferecendo o campo inteiro como presente. Então,

Hunter e Sky apareceram atrás dele, de mãos dadas. A elegância pálida e desbotada dos dois tinha a própria forma de beleza, mas, subitamente, tive uma terrível sensação de perigo. Fechei os olhos, como se isso pudesse apagá-los de minha visão.

Quando os abri novamente, encontrei-me caminhando por uma floresta tão densa que a luz mal conseguia tocar o solo. Meus pés descalços pisavam silenciosamente sobre as folhas pútridas. Logo, vi silhuetas paradas na mata, escondendo-se atrás das árvores. Uma delas era Sky outra vez, e ela virou e sorriu para mim, com o cabelo platinado reluzindo como uma auréola de anjo ao seu redor. Então, ela se virou para a pessoa atrás dela: era Raven, toda vestida de preto. Sky inclinou-se e beijou Raven gentilmente, e a surpresa me fez piscar os olhos.

Várias imagens desconjuntadas passaram uma atrás da outra, deslizando por minha consciência, difíceis de seguir. Robbie beijando Bree... Meus pais me observando ir embora, com lágrimas nos olhos... Tia Eileen segurando um bebê.

E então, como se aquele filme tivesse acabado e um novo vídeo começasse, vi uma casinha de madeira branca em um pequeno platô cercado de árvores. Cortinas flutuavam das janelas abertas, e um bem cuidado jardim de azevinhos e crisântemos circundava a casa.

De um dos lados da construção, estava Maeve Riordan. Minha mãe biológica.

Prendi a respiração. Lembrava-me dela por outra visão que tivera, na qual ela me segurava quando era apenas um bebê. Ela sorriu e acenou para que me aproximasse, parecendo jovial e desengonçada em suas roupas dos anos 1980. Atrás dela, havia um grande jardim quadrangular de ervas e vegetais esbanjando saúde. Ela se virou e caminhou em direção à casa, e eu a segui pela lateral da construção, onde uma pequena passarela separava a casa da grama. Virando-se para mim novamente, ela ajoelhou-se e apontou para baixo da casa.

A confusão tomou conta de mim. O que era aquilo? Então, um telefone começou a tocar a distância. Embora tentasse manter a concentração, aquela cena começou a desaparecer, e a última imagem fora de minha mãe biológica, impossivelmente linda e jovem, acenando para mim em despedida.

Pisquei os olhos, e minha respiração estava descompassada.

O som do telefone ainda preenchia meus ouvidos. O que estava acontecendo? Vários segundos se passaram até que percebesse que era o *nosso* telefone, não algo vindo daquela visão. Agora, todas as imagens já haviam sumido. Estava sozinha em casa novamente; e alguém estava ligando.

15

Presença

4 de setembro de 1998

Tio Beck me bateu ontem à noite. Hoje, estou com um olho roxo e o lábio aberto. Parece bastante impressionante, e vou contar para as pessoas que fiquei assim defendendo o que resta da honra de Athar.

Dois anos atrás, na alvorada após minha iniciação, tio Beck contara-me o porquê de meus pais terem desaparecido. Dissera-me como minha mãe havia visto a nuvem negra vindo em sua direção enquanto praticava a vidência, e como aquilo quase a matara, atravessando a visão. E como, logo depois que escaparam e se esconderam, seu coven fora aniquilado. Lembro-me de todos os bruxos do coven, de como eram como tios e tias para mim. E então, eles foram mortos, e Linden, Alwyn e eu viemos morar com Beck e Shelagh, e Athar, Maris e Siobhan.

Desde então, venho tentando descobrir mais sobre a onda negra, a força perversa que destruiu o coven dos meus pais e fez com que eles se escondessem. Sei que tem algo a ver com os Woodbane. Meu pai é — ou era — Woodbane. Da última vez que estive em Londres, fui a todas as livrarias que ainda vendiam livros sobre ocultismo. Visitei o

Círculo de Morath, onde guardam a maioria dos escritos antigos. Tenho lido e pesquisado há dois anos. Finalmente, na noite passada, Linden e eu iríamos tentar invocar o lado negro, para conseguir informações. Desde a iniciação de Linden, no mês passado, ele tem me importunado para que eu permitisse que me ajudasse, e eu tinha que deixar, pois eram seus pais também. Talvez em dois anos, quando Alwyn estiver iniciada, ela também queira trabalhar conosco. Não sei.

De qualquer forma, tio Beck nos achou no pântano, a pouco menos de um quilômetro de casa. Mal havíamos começado o ritual quando, subitamente, nosso tio chegou correndo, parecendo enorme, terrível e furioso. Quebrou nossos círculos, chutou as velas e a fogueira, e arrancou o athame da minha mão. Nunca o vira tão furioso; ele me ergueu pelo colarinho como se fosse um cachorro, e não um garoto de 16 anos do mesmo tamanho que ele.

— Vai invocar a escuridão, é? — grunhiu ele, enquanto Linden ficou de pé num salto. — Seu merda! Há oito anos o alimento e instruo, e você dorme sob meu teto; e agora está aqui fora trabalhando com a escuridão e levando seu irmão mais novo com você?

Então, ele me socou, eu desmaiei e fui ao chão, como uma marionete tendo seus fios cortados. Seu punho parecia um martelo — mas ainda mais forte.

Discutimos, brigamos feio; e, no final, ele entendeu o que eu queria, e eu entendi que ele preferia me matar a me deixar fazer aquilo, e que se envolvesse Linden outra vez, precisaria achar outro lugar para morar. Meu tio é um homem bom, e um excelente bruxo, embora frequentemente tenhamos conflitos. Minha mãe é sua irmã, e hoje sei que deseja reparar o mal feito a ela tanto quanto eu. A diferença é que estou disposto a cruzar qualquer limite para fazê-lo, ao contrário de Beck.

— Giomanach

* * *

— Alô? — falei ao telefone. Percebi, então, que não tinha qualquer pressentimento de quem estaria ligando, embora normalmente soubesse antes de pegar o aparelho.

Silêncio.

— Alô? — repeti.

Clique. Zumbido de chamada perdida.

OK. Sabia, é claro, que as pessoas erravam números de telefone o tempo todo. Mas, por algum motivo, talvez por ainda estar envolvida nas imagens, emoções e sensações que tive com a lareira, aquela ligação silenciosa me deixou apreensiva. Todos os filmes de terror que já assistira voltaram para me aterrorizar: *Pânico, Halloween, O exorcista, Atração fatal, A bruxa de Blair.* Meu único pensamento era: alguém estava verificando se eu estava em casa. E estava. Sozinha.

Apertei o botão de rediscagem. Nada aconteceu. Finalmente, uma voz computadorizada de mulher me disse que o número para o qual estava ligando era bloqueado.

Sentindo-me tensa, bati o telefone com força no gancho, então comecei a correr pela casa, trancando as portas da frente e dos fundos, assim como a do porão e as janelas, que desde que me lembro, nunca haviam sido trancadas antes. Será que estava sendo boba? Não importava. Era melhor ser boba e segura do que esperta e morta. Acendi todas as luzes que haviam do lado de fora, em vez de somente a fraca lanterna amarela que iluminava a porta da frente.

Não sei por que me sentia tão amedrontada, mas a sensação de alarme inicial estava se transformando no mais puro terror. Então, busquei meu confiável taco de beisebol na antessala, tranquei também aquela porta, peguei Dagda no colo e corri para meu quarto, no andar de cima, olhando por cima dos ombros. Talvez ainda fosse um efeito colateral do acidente, mas minhas mãos estavam suadas, e a respiração era curta. Tranquei a porta do quarto, então tranquei a porta que ligava o banheiro ao quarto de Mary K.

Sentei-me na cama, abrindo e fechando os punhos com força. *Cal*, era tudo em que conseguia pensar. *Cal, me ajude. Preciso de você. Venha até mim.*

Mandei a mensagem de bruxo noite afora. Cal a receberia. E viria me salvar.

Mas os minutos se passavam, e ele não viera. Sequer me ligara para dizer que estava a caminho. Pensei em ligar para ele, então me lembrei do que disse sobre não atender a telefonemas durante o círculo.

Será que não recebeu minha mensagem?, ponderei freneticamente. Onde estaria?

Tentei me acalmar. Meus pais chegariam em breve. Mary K. também. De qualquer forma, era apenas um telefonema. Um engano. Talvez fosse Bree ligando para se desculpar, mas perdera a coragem.

Mas por que o número de Bree estaria bloqueado? Poderia ser qualquer pessoa: um trote de algum aluno do sexto ano cheio de espinhas, cuja mãe o pegou no flagra bem na hora em que ia falar. Ou, talvez, fosse um atendente de telemarketing...

Calma, acalme-se, ordenei a mim mesma. Respire.

Um leve formigamento nas pontas dos meus sentidos me fez levantar. Lancei-os adiante, sondando com toda a concentração. Então, percebi onde estava. Alguém estava nos limites do terreno. O medo escoou através de mim como se fosse lava fervente.

— Espere aqui — sussurrei para Dagda, sentindo-me idiota.

Esgueirei-me silenciosamente até a janela fumê do quarto e espiei em direção ao jardim. Enquanto olhava, as luzes do lado de fora se apagaram. *Merda.* Quem as teria desligado?

Conseguia distinguir as folhas dos arbustos, a sombra ululante de uma coruja e as crostas de gelo que pendiam da cerca.

Foi então que as vi: duas silhuetas negras.

Apertei os olhos, usando a clarividência para identificar suas feições, mas, por algum motivo, não conseguia focar em seus rostos. Não importava, porém. Por um momento, a cobertura de nuvens daquela noite se rompeu, e permitiu que a lua crescente aparecesse. O vislumbre de luar refletiu no cabelo pálido e reluzente, e pude saber quem estava ali. Sky Eventide. A pessoa ao lado dela vestia um capuz escuro de crochê, e era alta demais para ser Bree ou Raven. Hunter. Tinha certeza de que era Hunter.

Onde estava Cal?

Observei, agachada no chão, enquanto eles desapareciam em meio à sombra da casa. Quando não podia mais os ver, fechei os olhos, tentando segui-los usando meus sentidos. Pude percebê-los se movendo vagarosamente ao longo do perímetro da casa, parando de vez em quando. Será que tentariam entrar? Meus dedos apertaram o taco de beisebol, embora soubesse que aquilo não teria utilidade alguma contra bruxos com total domínio de seus poderes. E eles eram bruxos de sangue.

O que queriam? O que estavam fazendo?

E, então, entendi: era claro! Estavam enfeitiçando minha casa, enfeitiçando a mim. Lembrei-me de ter lido sobre como Maeve e sua mãe, Mackenna Riordan, enfeitiçavam as pessoas. Frequentemente, precisavam circundar uma casa, pessoa ou lugar. Cercar algo com mágicka é transformá-lo.

Sky e Hunter estavam *me* cercando.

Estavam circundando minha casa, e eu não podia pará-los — sequer fazia ideia do que estariam fazendo. Deve ter sido um dos dois quem ligara mais cedo, para certificarem-se de que eu estava em casa. E talvez tenham bloqueado meu chamado por Cal. Ele pode nem estar vindo...

Olhei para Dagda para ver se estava nervoso ou irritado, se seus sentidos haviam captado vibrações de perigo ou de mágicka.

Ele estava adormecido: com a boquinha semiaberta, os olhos azuis fechados e as costelas subindo e descendo em meio à respiração ralentada pelo sono. Lá se vai o poder dos animais. Fiz uma careta, então olhei pela janela novamente. As silhuetas não estavam mais visíveis, mas estavam ali. Sentindo-me terrivelmente solitária, sentei-me no chão e aguardei. Era tudo o que podia fazer.

Por três vezes, Hunter e Sky circundaram a casa. Não vi ou escutei nada, mas podia senti-los. Estavam ali.

Quase meia hora depois, eles partiram. Pude senti-los indo embora, fechando o círculo atrás deles... Pude senti-los mandarem uma última sentença mágicka em direção à casa e a mim. Logo depois, ouvi o ronronar baixinho de um motor afastando-se pela rua. Todas as luzes do jardim se acenderam novamente. Mas não havia a menor chance de que eu fosse até lá fora para ver o que fizeram. Não. Eu precisava ficar alerta.

Com o taco de beisebol ao meu lado, desci as escadas e fiquei assistindo à TV até que o reboque aparecesse com o Das Boot. Meus pais chegaram alguns minutos depois, e eu corri para meu quarto antes que eles cruzassem a porta da frente. Estava abalada demais para agir normalmente.

Cal não apareceu naquela noite.

— Oi, querida — disse minha mãe, quando esbarrei com ela na cozinha, na manhã seguinte. — Dormiu bem?

— Aham — falei, andando decididamente até a geladeira para buscar uma Coca Diet. Mas estava mentindo. A verdade era que não havia dormido nada bem. Tirei cochilos irregulares, e os sonhos esparsos eram repletos de imagens da lareira e das silhuetas de Sky e de quem quer que estivesse com ela no nosso jardim. Por fim, desisti de dormir de vez. Olhei para o relógio da cozinha: eram apenas oito e meia. Queria ligar para Cal, mas era cedo demais, especialmente para um sábado.

— Alguém tem planos para hoje? — perguntou meu pai, fechando o jornal.

— Jaycee e eu vamos ao Northgate Mall — avisou Mary K. Ela brincava com uma embalagem de *waffles*, ainda de pijamas. — As liquidações de Dia de Ação de Graças já estão começando.

— Preciso preparar tudo para amanhã — falou minha mãe, lançando-me um sorriso sincero. — Morgana, vai querer bolo de sorvete esse ano?

De repente, eu me lembrei de que o dia seguinte era meu aniversário. Uau. Até este ano, sempre esperei ansiosamente pelo meu aniversário, contando os meses que faltavam. É claro, até este ano, não fazia ideia de que fora adotada e de que era uma bruxa de sangue do clã dos Woodbane. Sem falar que, nos anos anteriores, também não estava sendo perseguida por outros bruxos. As coisas mudaram um pouco.

Assenti e bebi um pouco de Coca Diet.

— Bolo de chocolate no fundo, com sorvete de menta e pedaços de chocolate em cima — instruí, forçando um sorriso.

— E o que vai querer para o jantar amanhã? — perguntou, começando a fazer uma lista.

— Costelinhas de cordeiro, geleia de menta, batatas assadas, ervilhas frescas e salada — respondi, sem pensar. O mesmo jantar de aniversário que sempre queria. Era, de certa forma, reconfortante. Esta era minha casa, minha família, e iríamos celebrar meu aniversário; da maneira de sempre.

— Vai estar ocupada esta noite? — perguntou, evitando meu olhar. Minha mãe sabia que costumávamos fazer círculos aos sábados.

— Vou encontrar Cal.

Ela assentiu e, felizmente, deixou por isso mesmo.

Assim que terminei de me vestir, saí e dei uma volta ao redor da casa. Até onde podia perceber, não captei nenhum efeito da mágicka de um feitiço. O que, é claro, poderia muito bem ser *parte* do feitiço. Lentamente, circulei a casa inteira. Não vi sinal de nada diferente. Nenhuma maldição grafitada nas paredes, ou animais mortos pendurados em árvores. Por outro lado, eu sabia que os sinais seriam infinitamente mais sutis do que aquilo.

Estranhamente, nem mesmo o solo coberto de neve tinha qualquer sinal de pegadas, embora não tivesse nevado mais desde que meus visitantes chegaram. Busquei repetidamente, mas não encontrei nenhum vestígio da presença de alguém em nosso jardim; exceto por mim, agora. Franzindo a testa, balancei a cabeça em negativa. Será que fora tudo uma ilusão? Parte de minha vidência? O quanto poderia confiar em minha percepção? Contudo, também me lembrava das imagens que vira tão claramente; das paisagens, sons e cheiros que acompanharam minha vidência com fogo.

Mais do que qualquer coisa, lembrava-me de Maeve, ao lado de sua casa, sorrindo e apontando.

Maeve vivera em Meshomah Falls, a duas horas dali. Olhei para o relógio, e então entrei em casa para ligar para Cal.

— O que houve com seu carro? — perguntou Robbie, meia hora depois.

Estávamos no banco da frente do Das Boot. Felizmente, ele ainda funcionava, embora a lanterna da direita estivesse estilhaçada e houvesse um amassado gigantesco no para-lama frontal. Quando liguei para Cal, ele não estava em casa; Selene disse que havia saído para fazer compras, e que não tinha certeza de quando estaria de volta. Por algum motivo, falar com Selene me acalmara. Pensei em perguntar a ela se ele captara minha mensagem de bruxo, mas minha mãe estava na sala, e não queria levantar esse assunto na frente dela. Perguntaria a Cal mais tarde.

Por sorte, Robbie estava em casa, e era uma excelente segunda opção para a pequena viagem que planejei.

— Caí em uma vala de drenagem ontem à noite — expliquei, fazendo uma careta. — Derrapei no gelo. — Não quis mencionar as luzes que vi. Aquilo era algo que queria contar apenas a Cal. Não queria envolver Robbie no que quer que estivesse acontecendo.

— Caramba! — exclamou. — Se machucou?

— Não. Mas vou ter que consertar a lanterna. Vai ser doloroso.

Robbie abriu um mapa em cima do painel enquanto nos afastávamos de sua casa. Aquele dia estava clareando rapidamente: tinha esperanças de encontrar sol de verdade em breve. Ainda estava frio, mas a neve e o gelo estavam derretendo aos poucos, e as ruas estavam molhadas, com água correndo pelas sarjetas.

— Estamos procurando por uma cidade chamada Meshomah Falls. Deve ser ao norte, subindo o rio Hudson — instruí, entrando na rua que nos levaria à autoestrada. — A cerca de duas horas e meia daqui.

— Ah, OK — falou, traçando o mapa com um dos dedos. — Aqui está. É, pegue a rota 9 para o norte até que cheguemos à Hookbridge Falls.

Após uma rápida parada a fim de abastecer o carro e nosso suprimento de junk food, seguíamos nosso caminho. Bree e eu fazíamos viagens como essa o tempo todo: idas a shopping centers ou a lugares legais para fazer trilha, ou pequenas colônias de artistas. Sentíamo-nos muito livres, invencíveis. Mas tentei não ficar levantando aquelas memórias. Agora, elas só me enchiam de pesar.

— Quer uma batatinha? — ofereceu Robbie, e enfiei a mão na embalagem.

— Já conversou com Bree? — perguntei, incapaz de desviar os pensamentos dela. — Sobre como se sente?

Robbie balançou a cabeça em negativa.

— Eu meio que tentei, mas não consegui falar de verdade. Devo ser um covarde.

— Não, não é — encorajei. — Ela pode ser difícil de abordar.

— Sabe — disse, após dar de ombros —, Bree também pergunta de você.

— O que quer dizer?

— Ah, você sempre pergunta por ela. E, bom, ela pergunta de você também. Quero dizer, ela nunca diz nada legal sobre você. Vocês só falam coisas ruins uma da outra, mas qualquer idiota consegue perceber que vocês sentem saudades.

Fiquei encarando a estrada, e meu rosto parecia petrificado.

— Achei que deveria saber disso — completou.

Não falamos mais uma palavra pelos próximos quase cem quilômetros; não até que vimos a placa anunciando a saída para Hookbridge Falls. Àquela altura, o céu já tinha clareado, estava aberto e azul de um jeito que não o via havia semanas. O calor do sol em meu rosto melhorou meu humor. Sentia que estávamos em uma aventura de verdade.

Robbie consultou o mapa.

— Temos que pegar essa saída e seguir para o leste na rodovia Pedersen, que nos leva diretamente até Meshomah Falls.

— OK.

Alguns minutos depois, saímos da autoestrada, e avistei a placa anunciando Meshomah Falls, Nova York.

Um arrepio percorreu minhas costas. Aqui era onde eu havia nascido.

Conduzi lentamente pela rua principal, observando as construções ao redor. Aquela cidade parecia muito com Widow's Vale, só não era tão antiga e vitoriana. Mas era uma cidade fofa, e eu conseguia ver por que Maeve e Angus teriam decidido se instalar aqui. Escolhi aleatoriamente uma rua perpendicular e entrei nela, dirigindo ainda mais devagar para olhar calmamente cada casa. Ao meu lado, Robbie mascava chiclete e batucava no painel, acompanhando o rádio com os dedos.

— Então, quando vai me dizer por que estamos aqui? — brincou.

— Er... — Eu não sabia o que dizer. Acho que planejei fingir que era apenas um passeio descompromissado, uma oportunidade de sair e fazer algo diferente. Mas Robbie me conhecia bem demais. — Conto mais tarde — sussurrei, sentindo-me insegura e vulnerável. Contar a ele uma parte da história significava contar tudo; e ainda precisava aceitar de fato aquilo tudo.

— Já esteve aqui antes? — perguntou Robbie.

Balancei a cabeça em negativa. A maioria das casas parecia ser bastante modesta, mas nenhumas delas era imediatamente reconhecível como aquela que vi em minha visão. E, agora, eram mais esparsas e distantes umas das outras; estávamos indo para o interior novamente. Comecei a me perguntar o que diabos estava fazendo. Por que motivo achei que seria capaz de reconhecer a casa de Maeve? E, se por algum milagre eu a encontrasse, o que iria fazer, então? Aquela ideia inteira era estúpida...

Ali estava.

Pisei fundo no freio, e o Das Boot parou completamente, com um barulho esganiçado. Robbie me encarou. Porém, mal percebi. A casa da minha visão, da minha mãe biológica, estava bem diante dos meus olhos.

16

Oculto

12 de janeiro de 1999

Ao que parece, estou doente.

Tia Shelagh diz que estive desacordado por seis dias. Delirando, disse ela, e com febre alta. Me sinto como a própria morte. Nem me lembro do que aconteceu comigo. E ninguém fala uma palavra sobre o assunto. Não estou entendendo nada.

Onde está Linden? Quero ver meu irmão. Quando acordei, esta manhã, oito bruxos de Vinneag circulavam minha cama, trabalhando em rituais de cura. Pude ouvir Athar e Alwyn soluçando no corredor. Porém, quando perguntei se elas podiam vir me ver, os bruxos de Vinneag apenas trocaram olhares solenes, então balançaram as cabeças em negativa. Por quê? Estou tão doente assim? Ou o motivo será outro? O que está acontecendo? Preciso saber, mas ninguém me fala nada, e estou fraco como uma vareta.

— Giomanach

A casa ficava no lado direito da estrada, e, quando olhei pela janela de Robbie, parecia que uma brisa gelada havia passado pelo meu rosto de repente. Parei o carro ao lado da construção.

As paredes não eram mais brancas, mas foram pintadas em um tom pálido de café, com detalhes em vermelho-escuro. O jardim bem cuidado na frente da casa não existia mais, bem como a horta de ervas e vegetais que havia em um dos lados. Em vez deles, um amontoado de azaleias ocultava as janelas frontais do primeiro andar.

Fiquei ali em silêncio, embebendo-me da visão daquele lugar. Era aqui. Esta era a casa de Maeve, e minha própria casa, nos primeiros sete meses de vida. Robbie ficou me observando, sem dizer uma palavra. Não havia carros na garagem externa, ou qualquer sinal de que tinha alguém ali. Não sabia o que fazer. Mas após vários minutos, virei para Robbie e respirei fundo.

— Tenho uma coisa para te contar — comecei.

Ele assentiu, com uma expressão sóbria no rosto.

— Sou uma bruxa de sangue, como Cal dissera duas semanas atrás. Mas meus pais, não. Sou adotada.

Os olhos de Robbie se arregalaram, mas ele continuou em silêncio.

— Fui adotada quando tinha cerca de oito meses. Minha mãe era uma bruxa de sangue irlandesa. Seu nome era Maeve Riordan, e ela morava naquela casa. — Apontei pela janela. — O coven dela foi aniquilado na Irlanda, e ela e meu pai biológico fugiram para os Estados Unidos e se instalaram aqui. Então, juraram que nunca mais praticariam a mágicka.

Tomei outra profunda e trêmula golada de ar. A história inteira parecia um filme. E um filme bem ruim. Contudo, Robbie assentiu, encorajando-me.

— Enfim — prossegui —, eu nasci, e alguma coisa aconteceu; não sei o que foi. Então, me colocaram para adoção. Logo depois, os dois foram trancados em um celeiro, onde foram queimados vivos.

Robbie piscou os olhos, e seu rosto empalideceu.

— Meu Deus — murmurou, esfregando o queixo com a mão. — E quem era seu pai?

— Seu nome era Angus Bramson. Ele era bruxo também, do mesmo coven irlandês. Não acho que tenham se casado. — Suspirei. — E é por isso que sou tão forte com a Wicca, que o feitiço que fiz em você funcionou e que consigo canalizar tanta energia nos círculos. É porque venho de uma linhagem de bruxos muito antiga, de centenas de milhares de anos.

Pelo que pareceu um tempo enorme, Robbie apenas ficou olhando para mim.

— Isso é muito impressionante — falou, por fim, em tom de sussurro.

— Nem me fale.

— Aposto que as coisas estão uma loucura na sua casa ultimamente — simpatizou, oferecendo-me um sorriso de condolência.

Dei uma risada.

— É, pode-se dizer que sim. Todos surtaram com isso. Quero dizer, meus pais nunca haviam me contado que eu era adotada, depois de 16 anos. E todos os meus parentes também sabiam, e os amigos dos meus pais. Eu fiquei... com muita raiva.

— Não duvido.

— E eles sabiam como meus pais biológicos morreram, e que havia bruxaria envolvida, então eles estão bastante chateados por eu estar praticando Wicca, por que isso tudo faz com que eles fiquem com medo. Não querem que nada me aconteça.

Robbie mordeu o lábio, parecendo preocupado.

— Ninguém sabe por que seus pais foram mortos? Eles foram assassinados, certo? Quero dizer, não foi suicídio, ou algum acidente durante um ritual.

— Não. Aparentemente, a porta do celeiro estava trancada por fora. Mas eles deveriam estar com medo de alguma coisa, pois me colocaram para adoção um pouco antes de morrer. Mas eu não consigo descobrir o que aconteceu, ou quem pode ter feito aquilo. Tenho o Livro das Sombras de Maeve, e ela diz nele que, quando vieram para os Estados Unidos, nunca mais praticaram mágicka...

— Como conseguiu o Livro das Sombras de sua mãe biológica? — interrompeu, e lancei outro suspiro.

— É uma longa história, mas Selene Belltower estava com ele, e o encontrei. Foi tudo uma série de coincidências bizarras.

Robbie ergueu as sobrancelhas.

— Achei que não existissem coincidências.

Olhei para ele, assustada com aquela colocação. Você está absolutamente certo, pensei.

— Então, onde estamos? — perguntou Robbie, e eu hesitei em responder.

— Na noite passada, tive um sonho... Quero dizer, uma visão. Usei a lareira para praticar a vidência.

— Vidência? — Robbie mudou de posição, e rugas apareceram em sua testa. — Está dizendo que tentou predizer acontecimentos, do tipo, conseguir informações mágickas?

— Isso — admiti, baixando o olhar para as pernas por um instante. — Eu sei, você acha que estou me metendo com coisas que ainda não deveria fazer. Mas acho que é permitido. Não é bem um feitiço nem nada.

Robbie permaneceu em silêncio.

— Enfim — continuei, mirando pela janela novamente, após balançar a cabeça em negativa. — Estava observando o fogo ontem à noite e vi um monte de imagens esquisitas, cenas e tudo mais. Mas a visão mais realista, a mais clara que tive, foi sobre essa casa. Vi Maeve do lado de fora, apontando para baixo dela. Apontando e sorrindo. Como se quisesse me mostrar algo que estava sob a construção...

— Espere um pouco — interrompeu Robbie. — Deixa ver se eu entendi. Você teve uma visão, e agora estamos aqui, e você quer se meter embaixo dessa casa?

Quase gargalhei. Aquilo realmente soava bizarro; absolutamente insano.

— Bem, quando você coloca dessa maneira...

Robbie balançou a cabeça, mas também sorria.

— Tem certeza de que é esta a casa?

Assenti.

Ele não disse mais nada.

— Então, acha que sou louca de vir até aqui? — perguntei. — Acha que deveríamos dar meia-volta e ir para casa?

— Não — respondeu por fim, após certa hesitação. — Se teve essa visão enquanto praticava a vidência, então acho que faz sentido vir até aqui dar uma olhada. Quero dizer, se realmente quiser se esgueirar para debaixo da casa. — Robbie me encarou. — Ou... você quer que *eu* me meta lá embaixo?

Sorri para ele e dei uns tapinhas em seu braço.

— Obrigada, você é um amor. Mas não, é melhor que eu mesma faça isso. Embora não faça ideia do que estou procurando.

Robbie voltou-se para a casa outra vez.

— Tem uma lanterna?

— Claro que não — gemi. — Isso faria de mim alguém preparada demais, não?

Ele riu enquanto eu descia do carro e fechava meu casaco. Hesitei por apenas um momento antes de abrir a corrente que fechava o portão, então comecei a caminhar pela passarela que levava até a casa.

— Sou invisível, sou invisível — sussurrei, para o caso de ter algum vizinho me observando. Era um truque que Cal me ensinara, mas que eu nunca havia tentado. Torci para que funcionasse.

No lado esquerdo da casa, passando pelas surradas azaleias, encontrei o lugar onde Maeve estivera, em minha visão. Havia uma abertura entre a baixa fundação de tijolos e as vigas de sustentação do piso, com menos de meio metro de altura. Lancei um olhar de volta ao carro. Robbie estava recostado a ele, para o caso de que subitamente precisasse vir ao meu auxílio. Sorri e lancei-lhe um sinal de positivo com o dedo, e, então, ele devolveu o sorriso, a fim de me reconfortar. Eu tinha sorte. Ele era um bom amigo.

Agachando-me, olhei por baixo da casa, e tudo que vi foi escuridão, densa como nanquim. Meu coração pulsava alto, mas meus sentidos não captaram ninguém acima de mim, ou ao meu redor. Até onde eu sabia, podia encontrar corpos e ossos decrépitos ali. Ou ratos. Eu ia surtar se desse de cara com um rato. Eu me imaginei gritando e rolando para fora dali o mais rápido que podia. Mas não havia por que esperar. Minha clarividência me guiaria. Comecei a engatinhar para a frente. Assim que entrei embaixo da casa, fiz uma pausa para permitir que meus olhos se ajustassem.

Vi bastante lixo, que passou a reluzir vagamente com o tempo: espuma de isolamento velha, uma pia antiga, incrustada de sujeira, canos decrépitos e pedaços de placas de metal. Manobrei com cautela através daquele labirinto, examinando tudo ao meu redor e tentando achar alguma dica do *que* estava procurando. Podia sentir a umidade fria atravessar o jeans da calça. Espirrei. Estava muito úmido ali. E mofado.

Mais uma vez, as perguntas povoaram minha mente. Por que eu estava aqui? Por que Maeve quis que eu viesse? Pense, pense! Será que era algo sobre a própria casa? Olhei para cima, procurando runas ou inscrições que pudesse haver no fundo do piso. A madeira era velha, empoeirada e escurecida, e não encontrei nada. Varri o local com o olhar de um lado a outro, começando a sentir-me incrivelmente imbecil...

Espere. Tem alguma coisa... Pisquei, rapidamente. A menos de 5 metros de mim, ao lado de uma pilha de tijolos, havia algo. Algo mágicko. O que quer que fosse, podia senti-lo mais do que vê-lo de fato. Esgueirei-me para a frente, esquivando de canos hidráulicos e cabos de telefone. Em certo ponto, tive que me arrastar de barriga sob um tubo de esgoto. Estaria horrorosa quando saísse de lá: podia sentir o cabelo arrastando na sujeira, e xinguei a mim mesma por não tê-lo prendido.

Finalmente, saí debaixo da tubulação e pude engatinhar normalmente outra vez. Espirrei e sequei o nariz com a manga da camisa. Ali! Enfiada entre duas vigas de sustentação, praticamente escondida atrás da pilha de tijolos, estava uma caixa. Para chegar até ela, precisaria estender os braços ao redor dos tijolos; as vigas bloqueavam meu caminho.

Hesitante, tentei alcançá-la. O ar em volta da caixa parecia mais denso, como se fosse gelatina transparente. Meus dedos atravessaram-no e tocaram o metal gélido. Rangendo os dentes, tentei arrancar a caixa da terra, mas ela não cedia. E, naquela posição esquisita, não conseguia ângulo para alavancá-la. Puxei com força, arranhando os dedos na superfície enferrujada e irregular. Não adiantava, pensei. Estava presa.

Tive vontade de gritar. Aqui estava, com os joelhos e as mãos apoiados na lama, sob a casa de um estranho, tendo sido *atraída* para cá; e estava desamparada. Inclinei-me para a frente e apertei os olhos com força em direção à caixa, concentrando-me intensamente. Ali, entalhadas no tampo, e quase ilegíveis sob anos de poeira, estavam as iniciais M. R. Maeve Riordan. Para mim, eram claras como se as estivesse vendo sob a luz do Sol.

Minha respiração acelerou. Era isso. Era por esse motivo que minha mãe me mandara até aqui. Aquilo deveria ser meu; aquela caixa que permaneceu escondida por quase 17 anos.

De súbito, uma memória surgiu em minha mente: aquele dia, há pouco tempo, logo que todos acabáramos de descobrir a Wicca, quando uma folha caiu sobre a cabeça de Raven, depois que desejei que flutuasse até lá. Não fora nada demais, um gesto de provocação por ela ter sido cruel comigo. Mas, agora, aquilo tomava um significado mais profundo. Se podia mover uma folha, por que não algo mais pesado?

Fechei os olhos, canalizando minha concentração. Mais uma vez, estiquei os braços e toquei a ponta dos dedos na caixa empoeirada. Minha mente se esvaziou, com todos os pensamentos escoando como água pelo ralo. Apenas um deles restou: algo que certa vez pertencera à minha mãe biológica, agora pertencia a mim. A caixa era minha. Precisava recuperá-la.

Ela pulou para minhas mãos.

Os olhos se abriram de supetão, e um sorriso correu meu rosto. Consegui! Pela Deusa, havia conseguido! Segurando a caixa com força sob um dos braços, arrastei-me para fora de lá o mais rápido que podia. Do lado de fora, a luz do sol parecia clara demais, e o ar, muito gelado. Pisquei os olhos e me levantei, sentindo os músculos doloridos, então pisei com força no chão e sacudi a sujeira do casaco da melhor forma que pude. Depois, lancei-me adiante.

Um homem de meia idade caminhava pela calçada em direção à casa. Trazia consigo um gorducho cão salsicha, em uma coleira. Quando me viu chegando de trás da casa, diminuiu o passo e parou. Seus olhos me fuzilavam com suspeita.

Congelei por um instante, com o coração batendo forte. Sou invisível, sou invisível, sou invisível. Enviei o pensamento até ele com toda a intensidade que pude.

Logo em seguida, seu olhar pareceu perder o foco. O homem olhou para o lado e voltou a caminhar.

Uau! Senti uma onda de euforia. Meus poderes estavam ficando tão fortes!

De seu local estratégico ao lado do Das Boot, Robbie assistira àquilo tudo. Ele abriu a porta de trás sem dizer uma palavra, e gentilmente posicionei a caixa sobre o banco. Então, ele se sentou calmamente ao volante; entrei no carro, e fomos embora. Olhando para trás, observei a pequena casa ficando menor, até que finamente fizemos uma curva e ela desapareceu de vista.

17

Tesouro

14 de janeiro de 1999

Estou conseguindo me sentar. Hoje, tomei um pouco de sopa. Todos estão cheios de dedos ao meu redor, e tio Beck tem me olhado com uma frieza sem precedentes. Pergunto sobre Linden o tempo todo, mas ninguém me responde. Finalmente, hoje deixaram Athar entrar. Segurei sua mão e perguntei sobre Linden, mas ela apenas ficou olhando para mim com aqueles olhos escuros e profundos. Então, deixaram que Alwyn viesse me ver, mas ela só ficou chorando, agarrada à minha mão, até a levarem embora. Percebi que ela está com quase 14 anos — a apenas três meses de sua iniciação.

Onde estaria Linden? Por que não viera me visitar?

Membros do Conselho têm estado por aqui a semana inteira. Sinto uma rede de pavor se fechando sobre mim. Mas não me atrevo a pronunciar o que temo. É horrível demais.

— Giomanach

— O que tem na caixa? — perguntou Robbie, após alguns minutos, então me lançou um olhar.

Eu tinha teias de aranha no cabelo, estava imunda e fedendo a sujeira e mofo.

— Não sei — admiti. — Mas tem as iniciais de Maeve na tampa.

Robbie fez que sim com a cabeça.

— Vamos para minha casa — sugeriu ele. — Meus pais não estão lá.

— Obrigada por dirigir — agradeci, assentindo.

O caminho de volta para Widow's Vale parecia eterno. O sol se pusera pouco depois das quatro e meia, e cruzamos a última meia hora envoltos em uma escuridão gélida. Estava desesperada para abrir a caixa, mas senti que precisava estar em completa segurança para fazer isso. Robbie estacionou o carro em frente à pequena e precária casa de seus pais. Desde que conheci Robbie, eles nunca haviam repintado a casa, consertado a garagem externa ou feito qualquer um dos reparos usuais que uma casa exigia. O jardim era bagunçado e precisava ser aparado. Aquela era a função de Robbie, e ele a odiava. E seus pais não pareciam se importar.

Jamais gostei de vir até aqui, e era por isso que nós três normalmente nos encontrávamos na casa de Bree, nossa favorita; ou na minha, que ficava em segundo lugar. A casa de Robbie era um lugar a se evitar, e todos sabíamos disso. Mas, no momento, era uma boa opção.

Robbie acendeu as luzes, iluminando a sala de estar e o chão empoeirado, com seu odor permanente de comida velha e fumaça de cigarro.

— Onde estão seus pais? — perguntei, enquanto atravessávamos o corredor até o quarto de Robbie.

— Minha mãe está na casa da irmã, e meu pai está caçando.

— Argh! — exclamei. — Ainda me lembro da vez que estive aqui e havia um veado pendurado na árvore do jardim.

Robbie deu risada, e passamos em frente ao quarto de sua irmã mais velha. Michelle se mudara para fazer faculdade, e o quarto fora mantido como uma espécie de santuário, caso voltasse para casa algum dia. Ela era a favorita dos pais, e eles não faziam qualquer esforço para esconder aquilo. Mas Robbie não se ressentia. Michelle o adorava, e os dois eram muito próximos. Vislumbrei, emoldurada em uma prateleira do quarto dela, uma foto de escola de Robbie, que fora tirada no ano anterior. Seu rosto parecia praticamente irreconhecível: a pele era coberta de acne, e os olhos escondiam-se atrás de óculos.

Robbie acendeu uma lâmpada. Seu quarto tinha menos da metade do tamanho do de Michelle, parecendo um armário grande. Mal havia espaço para a cama, envolta por um antigo cobertor mexicano. Apertada em um canto, havia uma grande estante. Sobre ela, prateleiras transbordavam livros, quase todos em edições de bolso, e todos já lidos.

— Como está Michelle? — perguntei, apoiando a caixa cautelosamente sobre a cama. Estava nervosa e não me apressei em desabotoar meu casaco.

— Bem. Acha que vai estar entre os melhores alunos da universidade novamente este ano.

— Que bom. Ela vem para o Natal?

Minha pulsação acelerou novamente, mas tentei manter a calma. Sentei na cama.

— Sim — confirmou, abrindo um sorriso. — Vai ficar surpresa com a minha aparência.

— É — falei sobriamente, olhando para Robbie.

— E aí, vai abrir essa coisa? — interpelou, sentando-se na outra ponta da cama.

Engoli em seco, tentando não admitir o quão nervosa estava. E se tivesse algo terrível ali dentro? Ou...

— Quer que eu a abra? — sugeriu, mas balancei a cabeça com vigor.

— Não... não, pode deixar.

Peguei a caixa com as mãos. Tinha cerca de 50 centímetros de comprimento por 10 de largura. Do lado de fora, o metal estava descascando. Os dois fechos metálicos estavam enferrujados de forma quase permanente. Robbie levantou e vasculhou sua mesa atrás de uma chave de fenda; então passou para mim. Prendendo a respiração, enfiei-a por baixo da tampa, soltando os fechos. A caixa abriu com um estalido, e eu movi a tampa com as pontas dos dedos.

— Uau! — Robbie e eu exclamamos ao mesmo tempo.

Embora o exterior da caixa estivesse desgastado e enferrujado, a parte de dentro parecia intocada pelos elementos ou pelos anos. Era de um prateado reluzente. A primeira coisa que vi foi um *athame*. Tomei-o nas mãos. Era pesado. Parecia muito antigo, com uma gasta lâmina de prata e o cabo intricadamente talhado em marfim. Nós celtas o envolviam e eram esculpidos de maneira precisa, porém, distintamente artesanal. Aquilo não havia sido feito em uma fábrica. Girando-o, vi que a própria lâmina fora marcada com fileiras de iniciais, dezoito, no total. As últimas eram M. R., bem como as que vinham logo acima delas.

— Maeve Riordan — falei, tocando as iniciais. — e Mackenna Riordan, sua mãe. Minha avó. E eu. — Fui tomada por uma onda de felicidade. — Isto foi passado de minha família para mim. — Uma sensação profunda de pertencimento e continuidade me fez abrir um sorriso de satisfação. Repousei o *athame* cuidadosamente sobre a cama.

Em seguida, peguei um pacote de seda verde-escura. Quando o ergui, desdobrou-se em uma túnica.

— Legal — comentou Robbie, tocando-a gentilmente.

Assenti, maravilhada. Ela tinha um corte retangular, com uma abertura para a cabeça e nós de seda que uniam os ombros.

— Parece uma toga — constatei, trazendo-a para junto do peito.

Pisquei os olhos, ao ver a expressão questionadora de Robbie, então sorri para ele, ciente de que iria experimentá-la; mas, em casa, com a porta trancada.

O bordado era de tirar o fôlego: cheio de nós celtas, dragões, pentáculos, runas, estrelas e plantas estilizadas; tudo trabalhado em fios de ouro e prata. Era uma obra de arte, e eu podia imaginar o quão orgulhosa Maeve ficara de herdá-la de sua mãe, e de usá-la na primeira vez em que presidira um círculo. Até onde eu sabia, Mackenna era suma sacerdotisa dos Belwicket quando foram destruídos.

— Isto é incrível — disse Robbie.

— Eu sei — ecoei. — Eu sei.

Dobrando a túnica gentilmente, deixei-a de lado. Em seguida, encontrei quatro pequenas tigelas de prata, também incrustadas com símbolos celtas. Reconheci as runas para ar, fogo, água e terra, e sabia que minha mãe biológica os usara em seus círculos.

Saquei um cetro, feito de ébano. Delicados fios de ouro e prata haviam sido cravejados no cabo; na ponta, havia uma robusta esfera de cristal. Quatro pequenas gemas vermelhas circundavam o cetro abaixo do cristal, e perguntei-me se seriam rubis de verdade.

Embaixo de tudo aquilo, amontoados no fundo da caixa, havia vários outros pedaços de cristal, assim como outras pedras, uma pena e um amuleto claddagh — duas mãos segurando um coração, que veste uma coroa — preso a uma corrente de prata. Aquilo era engraçado: minha mãe — a adotiva — tinha um anel claddagh com o qual meu pai a presenteara no aniversário de 25 anos de casamento, no ano passado. A corrente era quente ao toque e pesava sobre a mão.

Meu olhar percorreu todas aquelas ferramentas. Tanto tesouro, tanto espólio. Era tudo meu: minha verdadeira herança, cheia de mágicka, mistério e poder. Senti-me repleta de alegria, mas de uma forma que jamais conseguiria explicar a Robbie... de uma forma que não conseguia explicar nem a mim mesma.

— Duas semanas atrás, não possuía nada da minha mãe biológica. — Eu me peguei dizendo. — Agora, tenho seu Livro das Sombras, e todas estas relíquias. Quero dizer, são coisas que ela tocou e usou. Estão banhadas em sua mágicka. E elas estão comigo! Isso é incrível.

Robbie balançou a cabeça, com os olhos arregalados.

— O que é realmente impressionante é que tenha descoberto essas coisas através da vidência — murmurou.

— Eu sei, eu sei. — A empolgação navegava pelas minhas veias. — Foi como se Maeve tivesse escolhido me visitar, me mandar uma mensagem.

— Bem esquisito — concluiu Robbie. — Agora, você não disse que eles pararam de praticar mágicka quando vieram para os Estados Unidos?

Assenti.

— Foi o que li no Livro das Sombras dela. Quero dizer, ainda não terminei de ler.

— Mas ela trouxe tudo isso mesmo assim? E não usava? Deve ter sido muito difícil.

— É — falei. Uma sensação inexplicável de desconforto começou a nublar minha felicidade. — Acho que não pôde suportar deixar suas ferramentas para trás, mesmo que não pudesse usá-las novamente.

— Talvez ela soubesse que teria uma filha — sugeriu —, e pensou que poderia passá-las à frente. E foi isso que fez.

— Pode ser — concordei, pensativa e dando de ombros. — Não sei. Talvez ache alguma explicação no livro.

— Fico me perguntando se ela achou que não usar estas ferramentas de alguma forma a protegeria — divagou Robbie. — Talvez se a utilização fosse revelar sua identidade ou posição mais cedo.

Fiquei olhando para Robbie, então me voltei aos objetos.

— Talvez — balbuciei. A sensação de desconforto começou a aumentar, e minhas sobrancelhas se juntaram quando prossegui: — Talvez ainda seja perigoso possuir estes artefatos. Talvez não devesse tocá-los; ou talvez devesse retorná-los.

— Não sei — duvidou Robbie. — Maeve mostrou onde estavam. Ela não parecia estar alertando sobre eles, não é?

— Não. Em minha visão, parecia algo positivo, sem qualquer sinal de alerta.

Cuidadosamente, dobrei a túnica e a coloquei de volta na caixa, seguida do cetro, o athame e as quatro tigelas. Então fechei a tampa. Definitivamente precisava contar a Cal sobre aquilo tudo, e também a Alyce e David, da próxima vez que os visse.

— Então, vai encontrar com Cal essa noite? — perguntou Robbie, abrindo um sorriso. — Ele vai ficar maluco com isso tudo.

Minha empolgação começou a retornar.

— Eu sei. Mal posso esperar para ouvir o que ele tem a dizer. Aliás, é melhor eu ir, preciso de um banho. — Mordi o lábio, hesitante. — Vai ao círculo de Bree hoje?

— Vou — disse Robbie, sem rodeios, então se levantou e começou a cruzar o corredor. — Vão se encontrar na casa de Raven.

— Humm. — Vesti o casaco e abri a porta da frente, levando a caixa com firmeza debaixo do braço. — Bem, tome cuidado, OK? E muito obrigada por me acompanhar hoje. Não poderia ter feito isso sem você. — Lancei-

-me para a frente e dei um abraço apertado em Robbie, que retribuiu com constrangidos tapinhas nas minhas costas. Então sorri e acenei, indo em direção ao carro.

As ferramentas de minha mãe biológica, pensei, enquanto ligava o motor do Das Boot. Eu, de fato, possuía os mesmos utensílios que foram usados por minha mãe de sangue, por sua mãe, e pela mãe de sua mãe, e assim por diante, possivelmente por centenas de anos... caso as iniciais no athame representassem todas as sumas sacerdotisas de Belwicket. Fui tomada por uma sensação de pertencimento, de história de família; algo que sabia que, por algum motivo, estivera faltando em minha vida até agora. Desejei poder ir à Irlanda pesquisar o coven delas e sua cidade, e descobrir o que acontecera de fato. Um dia, talvez.

18

Inscrições

22 de janeiro de 1999

Agora eu sei. Linden, meu irmão, que acabara de fazer 15 anos, está morto. Ajude-me, Deusa. Estou completamente sozinho, exceto por Alwyn. E dizem que eu o assassinei.

Olho para as palavras que acabei de escrever, e não consigo achar sentido nelas. Linden está morto. Estou sendo acusado pelo assassinato dele.

Dizem que meu julgamento começará em breve. Não consigo pensar. Minha cabeça dói o tempo todo, e o corpo rejeita tudo o que como. Já perdi mais de 12 quilos, e posso contar as costelas só de olhar.

Meu irmão está morto.

Quando olhava para ele, via o rosto de nossa mãe. Ele está morto, e estou sendo acusado, embora não exista qualquer possibilidade de que eu tenha feito isso.

— Giomanach

Quando cheguei em casa, não havia ninguém por lá. Fiquei contente de estar sozinha; tivera uma ideia enquanto dirigia de volta da casa de Robbie, e queria privacidade para testá-la.

Contudo, primeiro devia tomar algumas precauções. Peguei uma chave Phillips na caixa de ferramentas do meu pai, depois levei a caixa com os utensílios de Maeve para o segundo andar da casa. Desaparafusei o tampo da saída de ventilação e coloquei a caixa ali dentro. Quando reposicionasse a tampa, aquilo ficaria totalmente invisível. Sabia disso pois já havia usado a saída de ventilação como esconderijo ao longo dos anos: guardara meu primeiro diário ali, bem como a boneca favorita de Mary K., quando a escondi após uma enorme briga que tivemos.

Antes de fechar a saída, porém, peguei o lindo e antigo *athame*, entalhado com as iniciais de minha mãe. Adorava o fato de que minhas iniciais eram as mesmas que as dela e de minha avó. Passei os dedos gentilmente sobre o cabo esculpido da adaga, e a levei para o andar de baixo.

Há cerca de uma semana, estivera pesquisando sobre Wicca na internet, e encontrara um artigo de uma mulher chamada Helen Firesdaughter, que descrevia as ferramentas tradicionais dos bruxos e suas utilidades. Segundo o artigo, o athame estava ligado ao elemento do fogo, e era usado para direcionar energia, bem como para simbolizar e atrair mudança. Também era usado para iluminar, trazer à tona objetos escondidos.

Vesti o casaco e saí de casa em direção ao crepúsculo frígido. Uma rápida olhada pela rua me assegurou de que não havia ninguém ali para assistir o que faria. Segurando o *athame* à minha frente como um detector de metais, comecei a andar ao redor da casa. Passei a velha adaga sobre janelas, portas, a lateral das vigas de sustentação; por tudo o que conseguia alcançar.

Encontrei a primeira inscrição no corrimão da lateral da varanda. A olho nu, não parecia haver nada ali, porém, quando o *athame* passou por cima dela, a runa emanou um brilho débil, com uma azulada e etérea luz de bruxo. Senti a garganta apertar. Então, ali estava: a prova de que Sky e Hunter estiveram trabalhando magickamente aqui na noite anterior. Tracei as linhas e curvas com os dedos. Peorth: a revelação de coisas ocultas.

Respirei fundo, tentando me manter calma e racional. Peorth. Bem, aquilo não falava muito sobre as intenções dos dois, de qualquer forma. Precisava continuar sondando.

Enquanto andava ao redor da casa, mais e mais inscrições reluziram sob a lâmina do *athame*. Daeg, representando o despertar e a claridade. Eoh, o cavalo, que significa qualquer forma de mudança. Othel: legado, ou herança. E então, nas vigas diretamente abaixo da janela do meu quarto, encontrei a runa que temia ver: o anzol duplo de Yr.

Fiquei encarando aquela inscrição, sentindo como se um punho esmagasse meus pulmões. Yr. A runa da morte. Cal havia me dito que ela nem sempre significava morte; poderia querer dizer qualquer outra forma de ruptura importante. Tentei confortar-me naquela possibilidade, mas era difícil me convencer daquilo.

Então, meus sentidos formigaram levemente: alguém estava por perto, me observando.

Virei-me, apertando os olhos para enxergar em meio à fraca penumbra de inverno. Um poste solitário projetava um cone de luz amarela do lado de fora do jardim, mas não conseguia ver nenhuma silhueta, nenhum sinal de movimento em lugar algum, nem mesmo usando a clarividência. Nem conseguia mais sentir a presença. Será que eu havia imaginado? Sentido coisas que não estavam lá de fato?

Não sabia. Só sabia que, repentinamente, não conseguia suportar a ideia de ficar ali fora, sozinha, por nem mais um segundo. Virei-me e corri para dentro de casa, trancando a porta.

* * *

Quando Cal chegou para me buscar, já havia me acalmado o suficiente para me sentir empolgada com a comemoração especial do meu aniversário.

— Tem alguma coisa diferente? — perguntou Cal, assim que fechei a porta de casa. Ele sorriu para mim, com uma expressão intrigada. — Você está com a aparência diferente. Seus olhos estão diferentes.

— Estou usando maquiagem — expliquei, batendo os cílios em sua direção. — Mary K. finalmente botou as mãos em mim. Pensei: por que não? É uma ocasião especial.

Cal riu e passou o braço pelo meu, então caminhamos juntos até seu carro.

— Bem, você está incrível, mas não pense que precisa de maquiagem por minha causa.

Ele abriu a porta para mim, depois deu a volta para sentar no banco do motorista.

— Pegou minhas mensagens? — questionei, enquanto ele dava a partida no motor.

— Minha mãe avisou que você tinha ligado — comentou, assentindo com a cabeça. Ele não mencionara as mensagens de bruxo. — Desculpe por não atender, tive que resolver umas coisas. — Ele sacudiu as sobrancelhas para mim. — Tarefas misteriosas, se é que me entende, aniversariante.

Sorri de leve, estava impaciente para contar sobre os eventos das últimas 24 horas.

— Tive um dia bastante agitado sem você. Na verdade, tive *dois* dias bastante agitados — falei, afundando no casaco.

— O que aconteceu?

Abri a boca, e, antes que pudesse notar, tudo estava sendo derramado como uma avalanche: os faróis que me fizeram bater de carro, a vidência na lareira, ver Sky e Hunter do lado de fora de casa na noite anterior. Ele sempre lançava olhares em minha direção; alguns estupefatos, outros apenas surpresos, alguns preocupados. Então, lancei a cereja do bolo: as ferramentas de Maeve.

— Você encontrou os utensílios da sua mãe? — gritou, e o carro deu um solavanco para o lado. Perguntei-me se ia acabar como o Das Boot. Por sorte, estávamos entrando na garagem externa da casa dele.

Joguei as mãos para cima e sorri.

— Eu mesma mal posso acreditar!

Cal desligou o motor e ficou ali, sentado, olhando para mim com admiração.

— Você trouxe os utensílios? — perguntou, ansioso.

— Não — admiti. — Escondi tudo em um duto de ventilação, e, quando estava saindo de casa, meu pai estava consertando uma tomada no corredor, então não consegui buscá-los.

— Em um duto de ventilação — repetiu, lançando-me um olhar divertido e conspiratório. Pensando bem, aquele era um esconderijo bastante bobo para um monte de objetos mágickos.

— Bem, não tem problema. Você pode me mostrar amanhã — sugeriu, e eu assenti.

— Então: o que acha do acidente?

— Não sei — murmurou, então balançou a cabeça. — Pode ter sido apenas um imbecil que estava com pressa. Mas, se ficou com medo, acho que deve confiar em seus instintos; e teremos que começar a fazer algumas perguntas. — Seu olhar ficou mais sério, porém, a expressão desmanchou em um sorriso preocupado. — Por que não me contou sobre isso ontem à noite? Ou sobre Hunter e Sky terem ido à sua casa?

— Enviei uma mensagem de bruxo, mas você não foi até lá. Me pergunto se, de alguma maneira, Sky não a teria bloqueado.

Cal fez uma expressão de dúvida, então deu um tapa na testa.

— Não, não foi isso. Sei exatamente o que foi. Minha mãe e eu lançamos um feitiço de proteção bastante forte antes de começarmos o círculo, para o caso de alguém como Sky ou Hunter tentarem nos espiar. Isso bloqueou sua mensagem. Caramba, me desculpe, Morgana. Não pensei que você pudesse tentar falar comigo.

— Tudo bem — garanti. — Não foi nada. — Um calafrio percorreu meu corpo quando me lembrei do terror que senti na noite anterior. — Pelo menos, nada permanente.

Saímos do carro, tremendo, e corremos até a porta da frente. Encontramos Selene de saída, enrolada em uma capa preta de veludo que descia até o chão, e vestindo reluzentes ametistas roxas no pescoço e nas orelhas. Como sempre, estava estonteante.

— Boa noite, meus queridos — cumprimentou, com um sorriso. Um aroma delicioso emanava dela, passando-me a impressão de maturidade e riqueza; fazendo com que minha essência de patchouli parecesse inocente e hippie. Quase infantil.

— Você está linda — elogiei, com sinceridade.

— Obrigada, aniversariante. Você também está — disse, enquanto calçava luvas pretas. — Estou indo a uma festa. — Selene lançou um olhar sério para Cal. — Voltarei bem tarde, então se comporte.

Fiquei constrangida, mas Cal apenas sorriu com tranquilidade. Assim que ela saiu pela grande porta da frente, começamos a subir as escadas em direção ao quarto de Cal, no terceiro andar.

— Humm, o que sua mãe acha que vamos fazer? — perguntei, meio sem jeito. Meus passos eram abafados pelo espesso carpete que encobria as escadas.

— Acho que pensa que vamos fazer amor. — Pelo tom de voz, Cal parecia estar falando sobre passarmos a noite em meio a jogos de tabuleiro. Ele lançou-me um sorriso casual, e quase caí da escada.

— Er... ela ficaria... enfim, chateada? — gaguejei, esforçando-me para soar tranquila, mas falhando miseravelmente. Os pais de todos os meus amigos teriam um ataque se pensassem que seus filhos poderiam estar fazendo aquilo em suas casas. Bem, talvez não os de Jenna. Mas os de todo o resto, sim.

— Não. Na Wicca, transar não tem o mesmo estigma que em outras religiões. É visto como uma celebração do amor e da vida, um reconhecimento da existência do Deus e da Deusa. É uma coisa bonita, especial.

— Ah. — Minha pulsação disparou. Assenti com a cabeça, tentando demonstrar segurança.

Quando chegamos, Cal fechou a porta do quarto, então me puxou para junto de si e me beijou.

— Me desculpe por não ter estado com você ontem à noite — sussurrou, junto aos meus lábios. — Sei que tenho estado muito ocupado com as coisas da minha mãe ultimamente, mas, de agora em diante, vou me certificar de estar mais disponível.

Estiquei os braços e me pendurei em torno do seu pescoço.

— Que bom.

Ficamos abraçados por um instante, então Cal se soltou gentilmente dos meus braços e pegou uma caixa de fósforos na mesa de cabeceira ao lado da cama. Enquanto observava, ele acendeu as velas do quarto, uma a uma, até que pequeninas chamas estavam por toda a parte. As velas cobriam o mantel, o topo de cada prateleira e uma série de castiçais espalhados pelo chão; havia até mesmo um antigo candelabro de ferro pendendo do teto. Quando Cal desligou a luz do quarto, estávamos cercados por um reluzente casulo de fogo. Era etéreo, belo e romântico.

Em seguida, Cal foi até a mesa escura de madeira, na qual havia uma garrafa de cidra espumante ao lado de uma tigela cheia de morangos perfeitamente vermelhos e de outro recipiente com calda de chocolate. Ele serviu duas taças de cidra e trouxe uma para mim.

— Obrigada — agradeci, sorridente. — Isto é incrível. — A cidra, dourada e leve, formigou em minha garganta com sua constelação de pequenas bolhas.

Ele veio se sentar ao meu lado novamente, enquanto bebíamos a cidra.

— Mal posso esperar para ver as ferramentas de Maeve — confessou, acariciando o cabelo sobre minhas orelhas. — O valor histórico delas por si só... é como encontrar a tumba de Tutancâmon.

— A versão Wicca disso — brinquei, rindo. — O que me lembra: deixei um dos objetos fora da caixa e trouxe.

Deixei a taça sobre a mesa de cabeceira, me levantei e fui até minha jaqueta para pegar o *athame*, embrulhado em um lenço, do bolso da frente. Entreguei-o a Cal em silêncio, observando seu rosto enquanto aninhava-me de volta ao seu lado.

— Deusa — sussurrou, quando desembrulhou a adaga. Seus olhos brilhavam, e um sorriso ansioso brincou em seus lábios. — Caramba, Morgana, isto é lindo.

— É mesmo! — concordei, rindo de novo frente à sua empolgação. — Não é incrível?

Seus dedos traçaram as linhas das iniciais gravadas na lâmina.

— Amanhã — falou, distraído, então ergueu os olhos para mim. — Amanhã — repetiu, com mais firmeza —

terei um dia cheio. Primeiro, preciso encontrar Hunter e Sky para pedir que deixem você em paz. Depois, vou até sua casa para remover as malditas inscrições se conseguir. Aí sim, tenho que babar nos utensílios de sua mãe.

— Ah, essa é uma bela imagem — brinquei. — Obrigada.

Cal riu também, e logo estávamos nos aproximando, bebendo cidra e nos beijando. Mágicka, pensei, sonhadora, enquanto o observava. Ele me beijou de novo, com os olhos dourados repletos de vontade, então piscou e se afastou.

— Presentes! — exclamou, acenando para o outro lado do quarto.

Levei um segundo para reparar na pilha de presentes belamente embrulhados que aguardava por mim sobre uma mesa grande, recostada à parede.

— O que você fez? — exasperei-me, levando a mão à garganta, onde o pentáculo de prata que ele me dera repousava contra a pele. Fora a primeira coisa que ele me dera, e por isso, eu amava aquele cordão.

Cal abriu um sorriso e ficou de pé, carregando os presentes até a cama e espalhando-os sobre a colcha à minha frente. Tomei mais um gole da cidra, então apoiei a taça novamente sobre a mesa de cabeceira.

Primeiro, havia uma caixa retangular, que comecei a desembrulhar.

— Isso ficou um pouco redundante agora — explicou.

Minha expressão derreteu-se em um sorriso. Dentro da caixa, estava o *athame* de prata que víramos na Mágicka Prática, entalhado com rosas e um crânio. Virei-me na direção de Cal.

— É maravilhoso — admiti, explorando-o com os dedos.

— Pode deixar como reserva — falou, alegremente. — Ou como uma faca para bolos. Ou para abrir cartas.

— Obrigada — agradeci, baixinho.

— Queria que fosse seu. Próximo.

Cal passou-me uma caixa pequena, e prendi a respiração quando a abri. Um lindíssimo par de brincos de prata com olho-de-tigre. As pedras se pareciam tanto com os olhos dele, que precisei olhar em seu rosto só pelo bem da comparação.

— Eles são tão bonitos. — Balancei a cabeça.

— Coloque — encorajou —, e será como se eu estivesse sempre com você. — Cal afastou meu cabelo com a mão, expondo minhas orelhas.

Segurei os brincos, sem saber o que dizer.

— Suas orelhas não são furadas — constatou, surpreso.

— Eu sei — balbuciei, em tom de desculpas. — Minha mãe me levou, com Bree, para furá-las quando tínhamos 12 anos, mas acabei perdendo a coragem.

— Caramba, Morgana, me desculpe — falou, rindo. — É minha culpa. Não acredito que não reparei nisso antes, deveria ter comprado outra coisa. Pronto, vou levar de volta e trocar.

— Não! — assustei-me, puxando a caixa para perto. — Adorei os brincos; são a coisa mais bonita que já vi. Já faz tempo que quero furar as orelhas. Eles vão ser minha inspiração.

Cal lançou-me um olhar perscrutador, mas pareceu acreditar.

— Humm. OK, tudo bem — assentiu. Então se virou para outro presente.

Era um livro ilustrado e graciosamente encapado sobre a confecção de feitiços, incluindo uma breve história daquela arte e toda uma seção de amostras de feitiços e como usá-los, bem como personalizá-los para uma situação específica.

— Ah, isso é incrível — comentei, com entusiasmo, folheando o livro. — É perfeito.

— Fico feliz que tenha gostado — confessou, sorrindo. — Podemos repassar alguns deles, se quiser, para praticar.

Balancei a cabeça positiva e ansiosamente, como uma criança, e Cal riu.

— E por último... — Cal ofereceu-me uma caixa de tamanho médio.

— Mais coisas?

Não conseguia acreditar naquilo. Estava começando a me sentir mimada. Dentro da caixa havia uma blusa de estampa indiana em tons pastéis de lavanda, púrpura e ameixa; parecia um pôr do Sol em meio à tempestade. Fiquei admirando-a, passando os dedos pelo tecido, embebendo-me daquelas cores e praticamente ouvindo o rumor dos trovões e da chuva.

— Amei. — Inclinei-me até ele para abraçá-lo. — Amei todos os presentes. Muito obrigada mesmo — engasguei, sentindo a garganta apertar, tomada pela emoção e uma sensação de pertencimento, de estar plenamente feliz. — Estes são os melhores presentes de aniversário que já ganhei.

Cal lançou-me um sorriso doce, e logo eu estava em seus braços, nós dois deitados na cama. Segurei sua cabeça com força, entrelaçando os dedos em seu cabelo enquanto nos beijávamos.

— Você me ama? — sussurrou, junto aos meus lábios.

Assenti, me sentindo dominada, agarrando-o com força junto ao meu corpo e desejando ficar ainda mais perto.

A cidra, as velas ao nosso redor, o leve aroma de incenso, a sensação de sua pele macia sob as mãos; era como se ele estivesse lançando um feitiço sobre mim, fazendo com que me sentisse entorpecida e repleta de um desejo e arquejo físicos. E mesmo assim... mesmo assim. Ainda mantinha o controle das coisas entre nós. Apesar de meu amor por ele e da onda de anseio que ele despertara em mim, senti-me refrear.

Aos poucos, enquanto nos beijávamos, cheguei à surpreendente conclusão de que não estava pronta para me entregar completamente a ele. Embora provavelmente fôssemos *mùirn beatha dàns*, ainda não estava pronta para fazer amor com ele, ir até o final na busca por nos unir física e mentalmente. Não sabia o porquê daquilo, mas precisava confiar em meus instintos.

— Morgana — disse Cal, baixinho, então se ergueu sobre o cotovelo e olhou para mim.

Ele era incrivelmente bonito, o homem mais bonito que já conhecera. As bochechas estavam coradas, e a boca assumira uma coloração rosa-escura com os beijos. Não havia como ele e Hunter serem irmãos, pensei, distante; e perguntei-me por que Hunter sequer aparecera em meus pensamentos. Hunter era perigoso e mau, um mentiroso.

— Vamos — pediu Cal, com a voz rouca, enquanto sua mão acariciava minha cintura por cima do suéter preto.

— Humm...

— Qual é o problema? — murmurou.

Suspirei, sem saber o que dizer. Cal passou uma perna sobre mim e me puxou mais para perto, curvando a mão em torno das minhas costas e aninhando-se. Ele beijou meu pescoço, e sua mão subiu até a cintura, logo abaixo dos seios. A sensação foi incrível, e desejei me entregar a ela, deixá-lo me levar a um novo lugar. Faria 17 anos no dia seguinte: estava na hora. Mas, por algum motivo, simplesmente não podia...

— Morgana? — A voz de Cal parecia me questionar, e meus olhos encontraram os dele. Sua mão carinhosamente tirou o cabelo do meu rosto. — Quero fazer amor com você.

19

Círculo de Dois

Estão me pressionando a juntar-me a ela. E eu quero fazer isso. Deusa, como quero fazer isso. Ela é uma borboleta, um botão a florescer, um rubi escuro sendo lapidado a partir da pedra terrosa. E posso transformá-la em algo melhor do que isso. Posso fazê--la pegar fogo, para que seu poder ilumine a todos que a circulam. Posso ensiná-la, ajudá-la a alcançar a mágicka que está dentro dela. Juntos, seremos invencíveis.

Quem imaginaria que isso poderia acontecer? Apenas um olhar em sua direção não seria capaz de revelar a tigresa que espreita ali dentro. Seu amor me devora, sua constância me faz humilde, sua beleza e poder me deixam faminto.

Ela será minha. E eu serei dela.

— Sgàth

Encarei Cal; eu o amava, mas me sentia completamente perdida.

— Achei que me quisesse também — sussurrou.

Assenti. Era verdade; ao menos, parcialmente. Mas o que meu cérebro e meu corpo queriam eram duas coisas diferentes.

— Se está preocupada com a possibilidade de ficar grávida, eu posso cuidar disso — explicou. — Não vou machucar você.

— Eu sei.

Podia sentir as lágrimas se acumulando em meus olhos, e desejei que parassem. Sentia-me um fracasso completo, e não sabia por quê.

Cal rolou para longe de mim, descansando o braço contra a testa enquanto me olhava.

— O que foi?

— Não sei — murmurei. — Quero dizer, eu também quero, mas não posso. Não me sinto preparada.

Ele estendeu sua outra mão e segurou a minha, distraidamente me acariciando com o dedão. Por fim, ele se moveu e sentou de pernas cruzadas à minha frente. Embolei-me em uma posição similar, encarando-o.

— Está com raiva? — perguntei, ao que ele lançou-me um sorriso ressentido.

— Vou sobreviver. Está tudo bem. Não se preocupe com isso. Eu... — Cal deixou a frase morrer.

— Me desculpe — pedi, tristemente. — Não sei o que há de errado comigo.

Ele se aproximou e afastou o cabelo de meu pescoço para beijar gentilmente a minha nuca. Estremeci com o calor de seus lábios.

— Não há nada de errado com você — sussurrou. — Temos todo o nosso futuro pela frente. Não precisamos nos apressar. Quando estiver pronta, estarei aqui.

Engoli em seco, com medo de abrir a boca de novo e, fatalmente, começar a chorar.

— Olha, vamos fazer um círculo — sugeriu, enquanto massageava meu pescoço, fazendo a tensão se esvair. — Não um *círculo* em si, mas uma meditação conjunta. É outra forma de nos unirmos, tudo bem?

— OK — assenti, engasgando.

Estendi o braço em sua direção, e seguramos a mão um do outro sem muita força, com os joelhos se tocando. Juntos, fechamos os olhos e começamos a sistematicamente desligar todo o resto: emoções, sensações e a percepção do mundo externo. Senti-me envergonhada por não querer transar com ele, mas deliberadamente me desprendi daqueles sentimentos. Era quase como se pudesse enxergá-los desgarrando-se de mim. Meus olhos pararam de arder, e minha garganta relaxou.

Aos poucos, em sintonia, nossas respirações ficaram mais lentas e silenciosas. Estivera meditando quase todos os dias, e já era fácil cair em um leve transe. Perdi a sensação de estar tocando Cal: sentíamo-nos unidos, respirando e orbitando como um corpo só em direção a um lugar feito de paz profunda e descanso. Era um alívio.

Tomei ciência da força da mente de Cal, alinhando-se com a minha, e aquilo era muito excitante e íntimo. Era incrível que pudéssemos dividir essa experiência, e pensei em todas as pessoas não bruxas mundo afora que provavelmente nunca poderiam alcançar aquela proximidade com as pessoas que amavam. Soltei um breve suspiro de contentamento.

Em nossa meditação, pude sentir os pensamentos de Cal; li a intensidade de sua paixão, senti seu desejo por mim, e minha carne se arrepiou. Senti sua admiração pela minha força mágicka, bem como sua ansiedade em ver-me progredir; em ficar cada vez mais forte, tão forte quanto ele. Tentei dividir meus próprios pensamentos com ele, sem ter certeza de que ele os podia ler, assim como eu. Expressei meus desejos e esperanças com relação a nosso futuro juntos; tentei deixar ondas de pura emoção carregarem meus sentimentos de forma que palavras nunca conseguiriam alcançar.

Em determinado momento, nos distanciamos, como duas folhas se separando enquanto caem em direção ao chão. Retornei a mim mesma, e permanecemos assim por um momento, olhando nos olhos do outro. Era o mais intensamente conectada a outra pessoa que já me sentira. Tinha certeza daquilo. Mas esta noção também me fizera sentir vulnerável e nervosa.

— Foi bom para você? — perguntei, tentando relaxar a tensão do momento, ao que ele sorriu.

— Foi ótimo.

Fiquei olhando para seu rosto por mais um tempo, permitindo-me perder em seus olhos, degustando o silêncio e o reluzir das velas. Aos poucos, comecei a perceber o tique-taque de um relógio, então olhei para ele.

— Meu Deus já é uma da manhã? — assustei-me.

Cal também olhou o relógio e abriu um sorriso.

— Humm. Você tem hora para voltar?

— Não oficialmente — respondi, já me levantando da cama e procurando meus sapatos. — Mas preciso ligar para avisar se for passar de meia-noite. É claro que, se ligar agora, vou acordá-los.

Rapidamente, reuni meus presentes em uma pilha, então encontrei o *athame* de Maeve e guardei-o de volta no casaco. Descemos a escada correndo, e uma dor de saudade surgiu dentro de mim; queria ficar *aqui*, no calor e conforto do quarto de Cal, junto a ele.

O vento gelado salpicou meu rosto quando saímos pela porta.

— Argh! — gemi, apertando a gola do casaco em volta do pescoço, e com as cabeças abaixadas, corremos em direção ao carro.

— Talvez devêssemos ligar para seus pais e dizer que vai dormir aqui — sugeriu ele, com um sorriso malicioso.

Dei risada, pensando em como aquilo funcionaria, depois posicionei cuidadosamente meus lindos presentes de aniversário no banco de trás. Porém, quando estava prestes a entrar no banco do carona, o som de um carro se aproximando me fez parar. Olhei para Cal, que apertou os olhos. Ele parecia alerta e tenso, com a mão sobre a porta do carro ao meu lado.

— É sua mãe? — questionei, mas Cal balançou a cabeça em negativa.

— Esse não é o carro dela.

Usando a clarividência, apertei os olhos em direção aos faróis que se aproximavam, olhando logo através deles. Meu coração deu um salto. Era um carro cinza. O carro de Hunter.

Ele parou o carro bem à nossa frente.

— Ah, meu Deus, o que ele está fazendo aqui? — resmunguei. — É uma da manhã!

— Vai saber — ironizou Cal, sombriamente. — Mas preciso ter uma conversa com ele, de qualquer forma.

Hunter deixou o motor ligado e saiu do carro, nos encarando. Os faróis faziam com que ele fosse apenas uma silhueta, mas conseguia ver que seus olhos verdes eram solenes. O resfriado pareceu estar melhor, e sua respiração era uma fumaça branca.

— Olá — falou, com firmeza. Só de ouvir sua voz, meu corpo já ficou tenso. — É um prazer encontrar os dois aqui. Que inconveniência.

— Por quê? — indagou Cal, com a voz grave. — Veio colocar inscrições em minha casa também, como fez na de Morgana?

Um brilho de surpresa tomou o rosto de Hunter.

— Está sabendo disso, é? — provocou, virando-se para mim.

Assenti friamente com a cabeça.

— O que mais sabe? — perguntou. — Por exemplo, sabe o que Cal quer de você? Sabe o que representa para ele? Sabe a verdade sobre *qualquer* coisa?

Fiquei encarando Hunter, tentando pensar em uma resposta ácida. Mas, novamente, meu único pensamento foi: por que ele estava nos atormentando desta forma?

Ao meu lado, Cal cerrou os punhos.

— Ela sabe da verdade. Eu a amo.

— Não — corrigiu-lhe Hunter. — A verdade é que você *precisa* dela, porque ela tem poderes incríveis a serem desbravados. Precisa dela para que possa usar seu poder para assumir o Alto Conselho, e então começar a eliminar outros clãs, um a um. Porque você também é um Woodbane, e francamente, os outros clãs não são bons o suficiente.

Meus olhos voltaram-se para Cal.

— Do que ele está falando? Você não é um Woodbane, é?

— Ele está delirando — murmurou Cal, fitando Hunter com puro desprezo. — Dizendo qualquer coisa que consegue pensar para me atingir. — Cal passou os braços ao redor de mim. — Pode desistir de tentar terminar nosso relacionamento. Ela me ama, e eu a amo.

Hunter gargalhou, e aquele som era como o de vidro se quebrando.

— Que palhaçada — cuspiu. — Ela é seu para-raios; o último membro sobrevivente dos Belwicket, destinada a ser alta sacerdotisa de um dos mais poderosos clãs dos Woodbane. Não percebe? Os Belwicket renunciaram às artes das trevas. Não há chances de Morgana concordar com o que você quer.

— Quem é *você* para dizer o que eu faria? — gritei, enfurecida pela forma como falava de mim como se não estivesse ali.

Cal apenas balançou a cabeça.

— Isso é inútil — falou. — Estamos juntos, e não há nada que você possa fazer, então pode voltar para de onde veio e nos deixar em paz.

Hunter riu, baixinho.

— Ah, não. Temo que seja tarde demais para isso. Sabe, o conselho jamais me perdoaria se deixasse Morgana cair em suas garras.

— O quê? — Eu estava praticamente guinchando. Por que o conselho se importava com quem eu namoraria? Eu mal *sabia* sobre eles, como poderiam saber tanto sobre mim?

— Deveria saber mais sobre perdão — rugiu Cal. — Afinal de contas, o conselho nunca o perdoou de fato por ter assassinado seu irmão, não é? Ainda está se redimindo por isso, certo? Ainda tentando provar que não foi sua culpa.

Fiquei encarando os dois. Não fazia ideia do que Cal estava dizendo, mas seu tom de voz me aterrorizou. Ele soava como um estranho.

— Vá para o inferno — gritou Hunter, e seu corpo estava ficando mais tenso.

— Wiccas não acreditam no inferno — sussurrou Cal.

Hunter ficou olhando para nós, com o rosto rígido de fúria. Do nada, Cal se esgueirou para dentro do carro e sacou o *athame* que me dera da pilha de presentes. Minha pulsação disparou. Isso não está acontecendo, pensei, em pânico. Isso não pode estar acontecendo. Observei, imóvel, enquanto Cal dava as costas para mim, e Hunter movia os olhos entre nós dois.

— Quer me pegar? — provocou Cal. — Quer me pegar, Hunter? Então venha. — Com isso, ele se virou e correu diretamente na direção da mata escura que margeava a propriedade. Pisquei, e ele já estava fora de vista, escondido entre as árvores e o breu.

Os olhos de Hunter ficaram selvagens enquanto ele perscrutava os limites da mata.

— Fique aqui — ordenou, então correu na direção de Cal.

Permaneci ali por apenas um instante. Então, saí correndo atrás dele.

20
O Perseguidor

12 de Fevereiro de 1999

Com ajuda, agora já consigo andar pelo quarto. Mas ainda estou muito, muito fraco.

Meu julgamento começa amanhã.

Tenho contado minha história repetidas vezes, ou o que me lembro dela. Acordei no meio da noite e vi que Linden não estava lá. Segui seus vestígios até a margem das árvores e o encontrei em meio à invocação de um taibhs, um espírito das trevas. Era algo do qual havíamos falado ao longo do último ano, em nossa busca por respostas sobre nossos pais. Mas não aconselhei Linden a fazer aquilo, sequer concordei com a ideia de invocar aquela coisa sozinho.

Vi Linden, com os braços estendidos para cima e uma expressão de alegria em seu rosto. O taibhs negro se movia em sua direção, e me precipitei para frente. Não conseguia atravessar o círculo sem usar mágicka, então conjurei uma ruptura naquela força. Tudo o que me lembro depois disso é um pesadelo: tentar alcançar Linden, encontrá-lo e vê-lo desmoronando em meus braços, ser cercado por uma fúria *esmagadora, então ser sufocado, sem conseguir respirar, e cair ao chão gelado para abraçar a morte.*

Em seguida, acordei em minha cama na casa de tio Beck e tia Shelagh, com bruxos ao meu redor rezando por minha recuperação, após seis dias em coma.

Sei que não matei meu irmão, mas sei também que minha busca por vingar o mal feito à minha família foi o que causou sua morte. Por esse motivo, seria sentenciado à morte. E, exceto pelo fato de que Alwyn sofreria minha perda, eu abraçaria minha sentença, pois não há mais vida para mim aqui.

— Giomanach

Quando cheguei à margem das árvores, voltara a nevar. Enquanto Cal e eu estávamos em sua casa, o céu fora consumido por espessas nuvens acinzentadas, que obscureceram a lua e as estrelas.

— Merda — sussurrei.

Cal obviamente atraíra Hunter para longe no intuito de me proteger, mas como poderia achar que eu ficaria parada ali, esperando para ver o que aconteceria? Não sabia o que se passava entre os dois. Só sabia que jamais perdoaria Hunter se ferisse Cal.

A mata era densa e virgem, com a vegetação rasteira espessa, impossível de se atravessar correndo. Dei de cara com um galho baixo de árvore, então parei. Não fazia ideia de onde estariam os dois. Estava completamente escuro por aqui, e, por um momento, estremeci. Precisava respirar calmamente, para canalizar a energia e me concentrar. Abri e fechei os punhos diversas vezes, apertando os olhos.

— Um, dois, três — contei, respirando lentamente.

Pouco depois, abri os olhos e percebi que minha clarividência havia funcionado, e já conseguia enxergar. As árvores tornaram-se colunas escuras, a vegetação rasteira tomou definição, e os poucos animais noturnos e pássaros que não estavam hibernando reluziam um débil brilho amarelo. OK. Perscrutei a área e rapidamente captei os vestígios que Hunter e Cal haviam deixado enquanto se embrenhavam na mata: o chão da floresta estava arranhado e mexido, e haviam pequenos galhos quebrados no caminho.

O mais rápido que consegui, segui a trilha. Meus pés e nariz estavam congelando, e a neve começara a cair, descolorindo tudo ao redor. Lentamente, comecei a perceber uma batida lenta e rítmica. Não era o sangue em minhas veias. Então percebi, era claro. Selene e Cal viviam às margens da cidade; a casa era praticamente ao lado do rio Hudson. As águas raivosas estavam logo adiante. Apressei o passo, agarrando-me a árvores para tomar impulso, tropeçando em rochas e lançando xingamentos.

— Você é obrigado a vir comigo!

Era a voz de Hunter. Parei, em silêncio, e fiquei escutando; então me lancei novamente para a frente e surgi em uma faixa de terra estreita e nua, paralela ao rio. Hunter estava acuado contra a beirada do desfiladeiro, e Cal segurava meu *athame* à frente do corpo, avançando sobre Hunter. Eu estava perdida em um redemoinho de medo e confusão.

— Cal! — gritei.

Ambos viraram-se para mim, com os rostos ilegíveis em meio à neve e à escuridão.

— Para trás! — ordenou Cal, balançando a mão em minha direção. Para minha total surpresa, parei na mesma hora, como se me chocasse com uma parede. Ele havia usado um feitiço em mim.

No próximo instante, Hunter conjurou uma esfera de luz de bruxo, que derrubou o *athame* da mão de Cal, pego de surpresa. Tive dificuldade de acreditar que aquilo era real, que era minha vida, e não apenas uma tela repleta de efeitos de computador. Hunter saltou para longe da beirada e para cima de Cal, que estava engatinhando em busca da adaga. Conforme tentei me mover para a frente, senti como se estivesse enrolada em um espesso cobertor de lã. Minhas pernas eram feitas de pedra. Os dois rolaram sobre a neve recém caída, com os cabelos claros e escuros reluzindo contra o chão e a paisagem da noite.

— Parem com isso! — berrei o mais alto que pude, mas eles me ignoraram.

Cal prendeu Hunter ao chão, então fechou o punho e socou seu rosto com força. A cabeça de Hunter ricocheteou para o lado, e um nítido fio de sangue correu de seu nariz. Aquele rubor sobre a neve lembrou-me do vinho derramado da eucaristia, no domingo anterior, fazendo-me estremecer. Aquilo era errado. Não deveria estar acontecendo. Esse tipo de furor, de rancor guardado há tanto tempo era a antítese da mágicka. Eu precisava separá-los.

Reunindo toda minha força, imaginei-me irrompendo de uma casca de ovo, então tentei abrir caminho por entre o feitiço de aprisionamento de Cal. Desta vez, consegui me mover. Localizei o *athame* a alguns metros e lancei-me sobre ele; no mesmo instante em que Hunter empurrou Cal. Todos nos levantamos ao mesmo tempo, tropeçando e ofegando fortemente.

— Morgana saia daqui! — vociferou Hunter, sem tirar os olhos de Cal. — Sou um Perseguidor, e Cal precisa responder ao conselho!

— Não dê ouvidos a ele, Morgana! — rebateu Cal, e eu podia ver respingos do sangue de Hunter em seus dedos. — Ele tem inveja de tudo o que tenho, e quer me machucar. Ele vai machucar você também!

— Isso é mentira — cuspiu Hunter, furiosamente. — Cal é um Woodbane, Morgana, mas ao contrário de Maeve, ele não renunciou ao lado negro. Por favor, apenas dê o fora daqui!

Cal virou-se para mim, e seus cálidos olhos dourados prenderam os meus. Um confuso enfraquecimento anuviou meu cérebro, e eu pisquei. Hunter disse algo, mas soou abafado, e o tempo pareceu correr mais devagar. O que estava acontecendo comigo? Observei impotente enquanto os dois circulavam um ao outro, com os olhos pegando fogo, e os rostos pálidos e rígidos.

Hunter falou novamente, balançando os braços, e sua voz flutuou lentamente pelo ar, soando como o grave rugido de um animal. Eles se aproximaram com suavidade, como se seus movimentos fossem parte de uma coreografia, então o punho de Hunter uniu-se ao estômago de Cal, que se curvou. Encolhi-me, mas estava presa em um pesadelo, sem forças para impedir a luta. Segurei o *athame* junto ao peito. Havia um pequeno nó de calor em minha garganta. Toquei a prata cálida do pentáculo ali pendurado, mas não podia me mover na direção deles.

Cal se endireitou, Hunter desferiu outro golpe, e errou. Então, Cal chutou a parte de trás do joelho de Hunter, que desmoronou no chão, com o sangue em seu rosto manchando a neve. As memórias correram pela minha mente enquanto Hunter levantava-se, cambaleando, e atirava-se sobre Cal... Hunter contando-me que Cal era um Woodbane, Hunter em meio à escuridão do lado de fora de minha casa, Hunter sendo tão esnobe e odioso.

Lembrei-me de Cal me beijando, me tocando e me apresentando à mágicka. Mostrando-me como aterrar durante círculos, me dando presentes. Pensei em Bree gritando comigo em seu carro no acostamento da estrada, há tanto tempo. Sky e Hunter juntos. As imagens me fizeram sentir insuportavelmente cansada. Tudo o que queria fazer era me deitar sobre a neve e dormir. Caí de joelhos, sentindo um sorriso formar-se nos lábios. Dormir, pensei. Devem estar me lançando algum feitiço, mas aquilo já não parecia mais importar.

À minha frente, Cal e Hunter embrenhavam-se, rolando em direção ao rio.

— *Morgana.*

Meu nome surgiu delicadamente, como um floco de neve, e eu ergui os olhos. Por apenas um instante, eles encontraram os de Cal, que me encaravam, suplicantes. Então, vi que Hunter prendia Cal ao chão, com o joelho sobre seu peito. Ele empunhava uma longa corrente de prata, e estava amarrando as mãos de Cal, enquanto ele berrava de dor.

— *Morgana.*

Recebi um nítido vislumbre de sua dor, então me exasperei e levei a mão ao peito, caindo em direção à neve. Enquanto piscava rapidamente, minha mente pareceu clarear.

— *Ele está me matando. Me ajude. Morgana!*

Não conseguia ouvir aquelas palavras, mas as sentia dentro da cabeça, então me apoiei sobre a mão, forçando-me a ficar em pé.

— Você já era. — Hunter ofegava violentamente, puxando a corrente prateada. — Peguei você.

— Morgana! — O grito de Cal rasgou a noite nevada e estilhaçou minha calma.

Precisava me mover e lutar. Amava Cal, sempre o havia amado. Levantei-me com dificuldade, como se estivesse dormindo há muito, muito tempo. Não tinha um plano; não era páreo para Hunter, mas de súbito me lembrei de que ainda tinha em mãos o *athame* que Cal me dera de aniversário. Sem pensar, lancei-o contra Hunter com a maior força que pude. Observei enquanto ele navegava pelo ar em um arco reluzente.

A lâmina acertou Hunter no pescoço, ficando encaixada ali por um segundo antes de ir ao chão. Ele gritou e levou a mão à ferida, e o sangue começou a jorrar, rubro como uma papoula a florescer. Não podia acreditar no que havia feito.

No mesmo instante, Cal ergueu os joelhos e chutou Hunter com toda a força que pode. Em um grito de surpresa, Hunter cambaleou para trás, perdendo o equilíbrio e ainda segurando seu ferimento... e então, eu estava gritando.

— Não! Não! Não!

Hunter tropeçou, atordoado, e desapareceu pela beirada do desfiladeiro.

Fiquei olhando para o vazio, estupefata.

— Morgana, me ajude! — clamou Cal, me tirando do transe. — Tire isso de mim! Está me queimado! Tire!

Atordoada, corri até Cal e puxei a corrente de prata que envolvia seus pulsos. Não senti nada além de um leve formigamento ao tocá-la; mas vi as queimaduras vermelhas na pele de Cal onde a corrente o tocara. Assim que a soltei, joguei-a no chão e engatinhei até o penhasco. Se visse o corpo de Hunter no fundo do desfiladeiro ou sobre pedras, sabia que iria vomitar, mas me forcei a olhar, já pensando sobre ligar para a emergência e tentar descer até lá, me perguntando se lembrava alguma técnica de salvamento que aprendera no curso de babá.

Mas não vi nada. Nada além de um amontoado de pedras e a água, cinza e turbulenta.

Cal ficou de pé ao meu lado, e nossos olhares se encontraram. Ele parecia horrorizado, pálido e vazio e fraco.

— Deusa, ele realmente já era — murmurou Cal. — Deve ter caído na água, e a correnteza... — Sua respiração era pesada, e o cabelo escuro estava úmido de neve e traços de sangue.

— Temos que ligar para alguém — constatei, baixinho, esticando o braço em sua direção para tocá-lo. — Temos que contar a alguém sobre Hunter. E precisamos cuidar do seu pulso. Acha que consegue voltar para casa?

Cal apenas balançou a cabeça em negativa.

— Morgana — disse, com a voz partida. — Você me salvou. — Com os dedos inchados de socar Hunter, ele tocou minha bochecha e repetiu, suavemente: — Você me salvou. Hunter iria me matar, mas você me protegeu dele, como disse que faria. Eu amo você. — Cal me beijou, e seus lábios estavam gelados e com gosto de sangue. — Eu a amo mais do que jamais pensei que fosse possível. Hoje, nosso futuro começa de fato.

Não sabia o que dizer. Minha cabeça parou de girar; não sobrou um pensamento sequer. Minha mente era um vazio. Passei o braço ao redor de Cal, e ele começou a mancar de volta através da mata. Aquilo tudo que acontecera era muito para absorver, e me concentrei em dar um passo atrás do outro, sentindo Cal descansar parte de seu peso sobre mim enquanto arrastávamo-nos pela neve.

Então, me lembrei: era 23 de novembro.

Imaginei que horas seriam; sabia que era bastante tarde. Havia nascido às 2h17 da manhã, no dia 23 de novembro. Decidi que já devia ter, oficialmente, 17 anos. Engoli em seco. Aquele era o primeiro dia dos meus 17 anos. O que o amanhã traria?

Este livro foi composto na tipologia Minion Pro,
em corpo 12/16,1, e impresso em papel off-white,
no Sistema Cameron da Divisão Gráfica
da Distribuidora Record.